Louis Lacou

Annuaire du bibliophile, du bibliothe

caire et de l'archiviste pour l'anne

e 1860

Anatiposi

Louis Lacour de La Pijardière

Annuaire du bibliophile, du bibliothe

caire et de l'archiviste pour l'anne

e 1860

Réimpression inchangée de l'édition originale de 1860.

1ère édition 2023 | ISBN: 978-3-38270-052-2

Anatiposi Verlag est une marque de Outlook Verlagsgesellschaft mbH.

Verlag (Éditeur): Outlook Verlag GmbH, Zeilweg 44, 60439 Frankfurt, Deutschland
Vertretungsberechtigt (Représentant autorisé): E. Roepke, Zeilweg 44, 60439 Frankfurt, Deutschland
Druck (Imprimerie): Books on Demand GmbH, In de Tarpen 42, 22848 Norderstedt, Deutschland

ANNUAIRE
DU
BIBLIOPHILE
DU BIBLIOTHÉCAIRE ET DE L'ARCHIVISTE

Pour l'année 1860

PUBLIÉ PAR LOUIS LACOUR

PREMIÈRE ANNÉE

PARIS
Chez EUGÈNE MEUGNOT, libraire
QUAI CONTI, N° 7

MDCCCLX

PRÉFACE.

Le titre de ce petit livre dit assez ce qu'il prétend être : un agenda, un memento, un vademecum pour le bibliophile et l'ami des autographes, pour le bibliothécaire et l'archiviste. Si Dieu lui prête vie, il voudrait avec le temps devenir leur répertoire indispensable, leur présenter annuellement un tableau complet de faits qui les intéressent, ces mille et un détails, charme de la vie quand ils en sont l'occupation, aussi bien que quand ils n'en sont plus que le souvenir. A ces éphémérides se trouveront joints des analectes, des travaux originaux. Nous ouvrons nos pages à tous les amis des livres qui, sous l'autorité de leur nom, auraient à communiquer au public des renseignements ou des études bibliographiques. Également les questions que des érudits dans l'embarras voudraient poser à nos lecteurs leur seront transmises avec empressement. Le cadre de cette année peut donner une idée de celui de l'an prochain : nous étudions les bibliothèques de Paris ; nous prendrons les bibliothèques de province : après les bibliophiles viendront les bouquinistes ; aujourd'hui les archives de 1860, demain les archives du temps passé ; des biographies d'amateurs célèbres, d'archivistes, de bibliographes. Quelque jour nous passerons en revue une estimable classe de fonctionnaires, les bibliothécaires ;

sur tous ceux de Paris nous possédons des notes détaillées; dans le présent Annuaire nous ne nous sommes guère occupé que de leurs dépôts; avant les acteurs, le théâtre, c'est raison. Sous ce rapport, notre ouvrage tient donc ce qu'il promet. Il consacre aux bibliophiles un chapitre intitulé: « Bibliothèques particulières; » c'est la liste des principales collections d'amateurs parisiens, de ceux qui ramassent des livres et les autographes. Nous aimons ces chercheurs; parfois leur esprit est étroit, mais le but est bon. On se moque du bibliomane et on le compare à l'avare : grande erreur; il y a entre les deux la différence de la bête brute à l'homme ; l'avare entasse des trésors matériels, et le bibliomane, dans sa plus grande folie, n'a jamais en vue qu'un bien moral, une œuvre de l'esprit, un livre enfin, dépositaire d'une idée pour le moins. Il ne le lit pas, je veux bien, mais il pourrait le lire. C'est justement cette fantaisie que l'avare ne peut satisfaire. Nous sommes aussi l'Annuaire de l'archiviste; il y a peu d'années, l'archiviste n'était encore qu'un employé subalterne, aujourd'hui il s'est fait une *position*, il est *arrivé;* l'école des Chartes a formé pour la garde des archives des érudits et des travailleurs que leur aptitude et leur zèle ont bientôt fait connaître partout où ils se sont montrés ; nous voulons contribuer pour notre petite part à mettre en relief et leurs talents et leurs services : nous publions, en 1860, la liste de tous les dépôts d'archives de Paris et les noms des archivistes de France avec une notice sur l'école des Chartes. Ajoutons à cela une liste complète des sociétés historiques et archéologiques de Paris; voilà notre première partie. Nous n'aurons pas de peine à justifier l'ordre dans lequel nous avons procédé. Tout le monde conviendra qu'en commençant une série d'annuaires de ce genre, il fallait, quelque restreint que fût notre cadre, faire les honneurs de notre publication aux nombreux et magnifiques dépôts littéraires de Paris, dresser le bilan sommaire de leurs richesses si glorieuses pour la France. Notre énumération est complète, c'est tout son mérite. D'autres années nous prendrons, comme monographies, l'histoire de ces collections; nous tâcherons de les faire connaître en détail et d'une manière qui réponde à leur importance. — Comme deuxième partie, nous avons donné des miscellanées intéressants; une nécrologie; un aperçu des ventes de livres remarquables; des nouvelles; une bibliographie bibliographique de l'année; la liste des libraires s'occupant de librairie ancienne et des relieurs-artistes de Paris, etc., etc. Eh bien! malgré nos efforts, l'avouerons-nous, c'est en tremblant que nous livrons ces pages à la publicité, elles ne sont pas de celles qui comblent une lacune, ainsi qu'on dit, et qui réussissent, — elles sont utiles. Toutefois, nous n'ignorons pas combien actifs sont aujourd'hui les esprits auxquels elles s'adressent; s'ils n'accueillent pas bien tout ce qu'on fait pour eux, ils accueillent au moins *quelque chose;* Belleau, le gentil Belleau de la *Pléiade* n'aurait donc pas tout à fait raison, s'il revenait chanter d'une voix émue :

Celuy qui docte se propose
Bastir aujourd'hui *quelque chose*
Est né sous un ciel malheureux;
Car toute œuvre laborieuse,
Qui part de main industrieuse,
Demande un siècle plus heureux.

L. L.

ANNÉE 1860.

Commencement des Saisons.

Printemps,	20 mars	à 9 heures	14 m.	du matin.
Été	21 juin	à 5 heures	53 m.	du matin.
Automne,	22 sept.	à 8 heures	03 m.	du soir.
Hiver,	21 déc.	à 1 heure	55 m.	du soir.

Eclipses.

22 et 23 janvier, éclipse partielle de soleil, invisible à Paris.

7 février, éclipse partielle de lune, visible à Paris : commencement, 1 h. 11 m. 8'' du matin ; milieu, 2 h. 38 m. ; fin, 4 h. 4 m. 3''.

18 juillet, éclipse partielle de soleil, visible à Paris : commencement, 1 h. 54 m. 0'' du soir ; plus grande phase, 3 h. 4 m. 0''; fin, 4 h. 8 m. 7''.

1er août, éclipse partielle de lune, invisible à Paris.

Epoques chronologiques.

Année de la période Julienne. 6573

— Depuis la première olympiade. 2636

La 4e année de la 659e olympiade, en finissant l'ère des olympiades 775 ans 1/2 avant J.-C. ou vers le 1er juillet de l'an 3938 de la période Julienne, a commencé en juillet 1859.

— De la fondation de Rome, suivant Varron. 2613

— Depuis l'ère de Nabonnassar. 2607

— Des Turcs, qui a commencé le 31 juillet 1859 et finira le 19 juillet 1860. 1276

— De la correction grégorienne. 277

— De l'ère républicaine, fondée le 22 septembre 1792 68 (9 mois) et 69 (3 mois).

JANVIER.

Les j. cr. de 1 h. 4 m.

P. Q. le 1.
P. L. le 8.
D. Q. le 15.
N. L. le 23.
P. Q. le 31.

1	D	Circoncision
2	l	s. Basile
3	m	s^e Geneviève
4	m	s. Rigobert
5	j	s^e Amélie
6	v	Epiphanie
7	s	Noces
8	D	s. Lucien
9	l	s. Pierre, év.
10	m	s. Paul, er.
11	m	s. Théodore
12	j	s. Arcade
13	v	B. de J.-C.
14	s	s. Hilaire
15	D	s. Maur, ab.
16	l	s. Guillaume
17	m	s. Antoine
18	m	Ch. s. P. à R.
19	j	s. Sulpice
20	v	s. Sébastien
21	s	s^e Agnès
22	D	s. Vincent
23	l	s. Ildefonse
24	m	s. Babylas
25	m	Conv. s Paul
26	j	s^e Paule
27	v	s. Julien
28	s	s. Charlem.
29	D	s. Fr. de S.
30	l	s^e Bathilde
31	m	s^e Marcel

FÉVRIER.

Les j. cr. de 1 h. 28 m.

P. L. le 7.
D. Q. le 13.
N. L. le 21.
P. Q. le 29.

1	m	s. Ignace
2	j	Purification
3	v	s. Blaise
4	s	s. Gilbert
5	D	*Septuagésisme*
6	l	s. Vaast
7	m	s. Romual
8	m	s. Jean de M.
9	j	s^e Apolline
10	v	s^e Schol.
11	s	s. Severin
12	D	*Sexagésisme*
13	l	s. Lézin
14	m	s. Valentin
15	m	s. Faustin
16	j	s^e Julienne
17	v	s. Théodule
18	s	s. Siméon
19	D	*Quinquagés.*
20	l	s. Eucher
21	m	*Mardi-gras*
22	m	Cendres
23	j	s. Mérault
24	v	s. Mathias
25	s	s. Césaire
26	D	*Quadragés.*
27	l	s^e Honorine
28	m	s. Romain
29	m	*Quatre Temps*

N. d'Or 18. Ep VII. C. S. 21
Indict. R. 3. Let. D. A. G.

MARS.

Les j. cr. de 1 h. 48 m.

P. L. le 7.
D. Q. le 14.
N. L. le 22.
P. Q. le 30.

1	j	s. Aubin
2	v	s. Simplice
3	s	s^e Cunégonde
4	D	Reminiscere.
5	l	s. Adrien
6	m	s^e Colette
7	m	s^e Perpétue
8	j	s. Ponce
9	v	s^e Françoise
10	s	s. Blanchard
11	D	*Oculi*
12	l	s. Pol, év.
13	m	s. Euphras.
14	m	s. Lubin
15	j	s. Zacharie
16	v	s. Cyriaque
17	s	s^e Gertrude
18	D	*Latare*
19	l	s. Joseph
20	m	s. Joachim
21	m	s. Benoit
22	j	Passion.
23	v	s. Victorien
24	s	s. Simon
25	D	Annonciat.
26	l	s. Ludger
27	m	s. Rupert
28	m	s. Gontran
29	j	s. Frisque
30	v	s. Rieul
31	s	s^e Balbine

AVRIL.			MAI.			JUIN.		
Les j. cr. de 1 h. 38 m.			Les j. cr. de 1 h. 46 m.			Les j. cr. de 46 m.		
P. L. le 5.			P. L. le 5.			P. L. le 3.		
D. Q. le 13.			D. Q. le 12.			D. Q. le 11.		
N. L. le 21.			N. L. le 20.			N. L. le 19.		
P. Q. le 28.			P. Q. le 27.			P. Q. le 26.		
1	D	Rameaux	1	m	s. J. s. Ph.	1	v	s. Pamphile
2	l	s. Fr. de P.	2	m	s. Athanase	2	s	s. Pothin
3	m	s. Richard	3	j	Inv. s^e Croix	3	D	Trinité
4	m	s. Isidore	4	v	s^e Monique	4	l	s. Optat
5	j	s. Ambroise	5	s	Conv. s. A.	5	m	s. Boniface
6	v	*Vendr.-Saint*	6	D	s. Jean P. L.	6	m	s. Claude
7	s	s. Clotaire	7	l	s. Stanislas	7	j	Fête-Dieu
8	D	PAQUES	8	m	s. Désiré	8	v	s. Médard
9	l	s^e Marie	9	m	Tr. s. Nicaise	9	s	s^e Pélagie
10	m	s. Fulbert	10	j	s. Gordien	10	D	s. Landri
11	m	s^e Godeberte	11	v	s. Mamert	11	l	s. Barnabé
12	j	s. Jules	12	s	s. Pancrace	12	m	s^e Olympe
13	v	s. Marcelin	13	D	s. Servais	13	m	s. Ant. de P.
14	s	s. Tiburce	14	l	*Rogations*	14	j	Oct. fête-d.
15	D	Quasimodo	15	m	s. Isidore	15	v	s. Modeste
16	l	s. Fructueux	16	m	s. Honoré	16	s	s. Fargeau
17	m	s. Anicet	17	j	Ascension	17	D	s. Avit
18	m	s. Parfait	18	v	s Venance	18	l	s^e Marine
19	j	s. Léon, p.	19	s	s. Yves	19	m	s. Ger. s. Pr.
20	v	s. Théotime	20		Oct. ascens	20	m	s. Silvère
21	s	s. Anselme	21	l	s. Hospice	21	j	s. Leufroi
22	D	s^e Opportun.	22	m	s^e Julie	22	v	s. Paulin
23	l	s. Georges	23	m	s. Didier	23	s	s. Andry
24	m	s. Léger	24	j	s. Donatien	24	D	N. s. J.-B.
25	m	s. Marc, ab.	25	v	s. Urbain	25	l	s. Prosper
26	j	s. Clet, p.	26	s	*Vig.-Jeûne*	26	m	s. Babolein
27	v	s. Polycarpe	27	D	Pentecote	27	m	s. Crescent
28	s	s. Vital	28	l	s. Germain	28	j	*Vigile-Jeûne*
29	D	s. Robert	29	m	s. Maximin.	29	v	s. Pier. s. P.
30	l	s. Eutrope	30	m	*Quat.-Temps*	30	s	C. s. Paul
			31	j	s^e Pétronille			

JUILLET.

Les j. dim. de 56 m.

P. L. le 3.
D. Q. le 11.
N. L. le 18.
P. Q. le 25.

1	D	s^e Eléonore
2	l	Visit. N.-D.
3	m	s. Thierry
4	m	Tr s. Mart.
5	j	s^e Zoé, m.
6	v	s. Tranquille
7	s	s^e Aubierge
8	D	s. Procope
9	l	s. Cyrille
10	m	s^e Félicité
11	m	Tr. s. Ben.
12	j	s. Gualbert
13	v	s. Eugène
14	s	s. Bonavent.
15	D	s. Henri
16	l	s. Eustache
17	m	s. Alexis
18	m	s. Th. d'Aq.
19	j	s. Vinc. de P.
20	v	s^e Marguerite
21	s	s. Victor
22	D	s^e Magdeleine
23	l	s. Apollinaire
24	m	*J. Caniculaires*
25	m	s. Jac. le M.
26	j	Tr. s. Marcel
27	v	s. Pantaléon
28	s	s^e Anne
29	D	s^e Marthe
30	l	s. Abdon
31	m	s. G. l'Auxer.

AOUT.

Les j. d. de 1 h. 36 m.

P. L. le 1.
D. Q. le 9.
N. L. le 16.
P. Q. le 23.
P. L. le 31.

1	m	s^e Sophie
2	j	s. Etienne
3	v	Inv. s. Etien.
4	s	s. Dominiq.
5	D	s. Yon
6	l	Tran. J.-C.
7	m	s. Gaëtan
8	m	s. Justin
9	j	s. Amour
10	v	s. Laurent
11	s	s^e Suzanne
12	D	s^e Claire
13	l	s. Hippolyte
14	m	*Vigile-Jeúne*
15	m	ASSOMPTION
16	j	s. Roch
17	v	s. Mammert
18	s	s^e Hélène
19	D	s. Louis, év.
20	l	s. Bernard
21	m	s. Privat
22	m	s. Symphor.
23	j	s. Sidoine
24	v	s. Barthélemy
25	s	s. Louis, roi
26	D	*F.-J. Cani.*
27	l	s. Césaire
28	m	s. Auguste
29	m	s. Médéric
30	j	s. Fiacre
31	v	s. Ovide

SEPTEMBRE.

Les j. d. de 1 h. 42 m.

D. Q. le 8.
N. L. le 15.
P. Q. le 21.
P. L. le 30.

1	s	s. Leu, s. G.
2	D	s. Lazare
3	l	s. Grégoire
4	m	s^e Rosalie
5	m	s. Bertin
6	j	s. Onésipe
7	v	s. Cloud
8	s	Nat. N.-D.
9	D	s. Omer
10	l	s^e Pulcherie
11	m	s. Hyacinthe
12	m	s. Raphaël
13	j	s. Maurille
14	v	Ex. s^e Croix
15	s	s. Nicomède
16	D	s. Corneille
17	l	s. Lambert
18	m	s. J. Chrys.
19	m	*Quatre-Temps*
20	j	s. Eustache
21	v	s. Mathieu
22	s	s. Maurice
23	D	s^e Thècle
24	l	s. Andoche
25	m	s. Firmin
26	m	s^e Justine
27	j	s. Côme s. D.
28	v	s. Céran
29	s	s. Michel
30	D	s. Jérôme

OCTOBRE.			NOVEMBRE.			DÉCEMBRE.		
Les j. d. de 1 h. 44 m.			Les j. d. de 1 h. 58 m.			Les j. dim. de 10 m.		
D. Q. le 7.			D. Q. le 6.			D. Q. le 5.		
N. L. le 14.			N. L. le 13			N. L. le 12.		
P. Q. le 21.			P. Q. le 20.			P. Q. le 20.		
P. L. le 29.			P. L. le 28.			P. L. le 28.		
1	l	s. Remy, év.	1	j	TOUSSAINT	1	s	s. Eloi
2	m	ss. Anges G.	2	v	Trépassés	2	**D**	AVENT
3	m	s. Cyprien	3	s	s. Marcel	3	l	s. Mirocle
4	j	s. Fr. d'Ass.	4	**D**	s. Charles	4	m	se Barbe
5	v	s[e] Aure, V.	5	l	s. Zacharie	5	m	s. Sabas, ab.
6	s	s. Bruno	6	m	s. Léonard	6	j	s. Nicolas
7	**D**	s. Serge	7	m	s. Florent	7	v	s[e] Fare, v.
8	l	s[e] Brigitte	8	j	s[tes] Reliques	8	s	CONC. N.-D.
9	m	s. Denis	9	v	s. Mathurin	9	**D**	s[e] Gorgon
10	m	s. Géréon	10	s	s. Juste	10	l	s[e] Valère
11	j	s. Gomer	11	**D**	s. Martin	11	m	s. Daniel
12	v	s. Vilfrid	12	l	s. Réné, év.	12	m	s. Valérien
13	s	s. Gérand	13	m	s. Brice	13	j	s[e] Luce
14	**D**	s. Caliste	14	m	s. Bertran	14	v	s. Nicaise
15	l	s[e] Thérèse	15	j	s[e] Eugénie	15	s	s Mesmin
16	m	s. Gal, év.	16	v	s. Edme	16	**D**	s[e] Adelaïde
17	m	s. Cerboney	17	s	s. Agnan	17	l	s[e] Olympia
18	j	s. Luc, év.	18	**D**	s[e] Aude	18	m	s. Gratien
19	v	s. Savinien	19	l	s[e] Elisabeth	19	m	*Quatre Temps*
20	s	s. Caprais	20	m	s. Edmond	20	j	s[e] Philogone
21	**D**	s[e] Ursule	21	m	Prés. N.-D.	21	v	s. Thomas
22	l	s. Mellon	22	j	s[e] Cécile	22	s	s. Honorat
23	m	s. Hilarion	23	v	s. Clément	23	**D**	s[e] Victoire
24	m	s. Magloire	24	s	s. Séverin	24	l	*Vigile-Jeûne*
25	j	s. Cré. s. Cr.	25	**D**	s[e] Catherine	25	m	NOEL
26	v	s. Rustique	26	l	s[e] Geneviève	26	m	s. Etienne
27	s	s. Frumence	27	m	s. Maxime	27	j	s. Jean, év.
28	**D**	s. Sim. s. J.	28	m	s. Sosthène	28	v	ss. Innocents
29	l	s. Faron.	29	j	s. Saturnin	29	s	s. Throphim
30	m	s. Lucain.	30	v	s. André	30	**D**	s. Sabin
31	m	*Vigile-Jeûne*				31	l	s. Sylvestre

PREMIÈRE PARTIE.

I. Bibliothèques de Paris. — II. Archives et Dépôts divers de Paris. — III. Archives départementales. — IV. Ecole des Chartes. — V. Sociétés historiques et archéologiques de Paris.

I.

BIBLIOTHÈQUES DE PARIS.

I. Bibliothèques publiques. — II. Bibliothèques ouvertes aux personnes autorisées. — III. Bibliothèques spéciales pour l'usage des administrations auxquelles elles sont attachées. — IV. Bibliothèques particulières ; collections d'amateurs : livres et autographes.

Nous donnons ci-dessous la liste complète des bibliothèques de Paris, avec des notices historiques et critiques, les noms de leurs employés, etc. L'ordre dans lequel sont classées les bibliothèques publiques est celui de leur importance. Nous n'avons pas dû négliger les autres grands dépôts littéraires, existant à Paris, ceux où l'on n'entre qu'après demande préalable ou sur présentation, la plupart facilement accessibles; les bibliothèques spéciales non ouvertes au public et les bibliothèques de particuliers ; il y a des portes fermées qui ne le sont pas pour tout le monde; les habiles et les heureux, en cas de besoin, savent briser tous les obstacles. Les restrictions que nous mentionnons ne les concernent pas.

ADMINISTRATION CENTRALE.—Le service des bibliothèques de France est du ressort du Ministère de l'Instruction publique, Direction du personnel et Secrétariat général, 2e bureau; *chef*, M. L. Bellaguet, ✻. A ce bureau est confiée la répartition entre les bibliothèques des ouvrages provenant des souscriptions ou du dépôt légal.

—

I. – BIBLIOTHÈQUES PUBLIQUES.

« Chacune des bibliothèques de Paris a son administration isolée et presque indépendante ; chacune a ses règlements particuliers ; elles ont peu ou point de relations entre elles. Créées à diverses époques et par divers motifs, elles n'offrent aucun ensemble de composition et d'entretien. Des monuments possédés par l'une devraient, dans l'intérêt du public et même pour recevoir toute la valeur qui leur appartient, être possédés par une autre, qui aurait à son tour, et indépendamment de toute compensation, à céder d'autres monuments qu'elle conserve à un titre qui n'est pas meilleur.» Ces paroles, extraites du rapport de M. Dubois à la Chambre des Députés sur le budget du ministère de l'instruction publique, en 1837, sont encore applicables à l'état actuel des bibliothèques publiques de Paris. Elles ne correspondent en aucune façon et n'ont qu'un point de ressemblance : le soin singulier avec lequel elles gardent leurs catalogues; nulle part il n'est possible d'en obtenir communication. A la Bibliothèque impériale même, les volumes imprimés de l'ancien catalogue et ceux du nouveau, qui devraient se trouver d'une manière permanente et en plusieurs exemplaires à la disposition du public, ne sont confiés que sur demande spéciale. On remarque aussi avec peine le peu de diligence que mettent les administrations de ces dépôts à se procurer les publications de l'Imprimerie impériale et toutes les autres publications des ministères qui leur reviennent de droit. Dans la plupart, le soin de ce recouvrement est laissé à des employés inférieurs qui paraissent peu soucieux des intérêts du public. Nous pourrions en citer une, notamment, où la *Collection des documents inédits* est très-incomplète au grand détriment des travailleurs, pour qui cette collection est libéralement imprimée par l'État.

Bibliographie. — *Catalogi librorum manuscriptorum qui in bibliothecis Galliæ, Helvetiæ, etc., asservantur* à Gustavo Hænel. Lipsiæ, 1830. 1 vol. in-4. — *Catalogo de los manuscritos espagnoles existentes en la biblioteca real de Paris y del Arsenal, Santa-Genovefa y Mazarina*, por Eugenio de Ochoa. Paris, Impr. real, 1844. 1 vol. in-4. — *Catalogue des livres sur vélin des bibliothèques publiques et particulières de Paris autres que la Bibliothèque du roi*, par Van-Praët. Paris, 1824. 3 vol. in-8. — *Recherches sur les bibliothèques anciennes, etc.*, par Petit-Radel. Paris, 1819. In-8. — *Notice historique sur les bibliothèques anciennes et modernes*, par J.-L.-A. Bailly. Paris, Rousselon, 1828. In-8. — *Paris, ou le Livre des Cent et un* (une Notice, par P. Lacroix). Paris, Ladvocat, 1831. In-8. — *Lettre d'un bibliothécaire de province sur les suppressions à faire dans les établissements de Paris*, par Joly. Paris, Tillard, 1833. In-8 de 64 pages. — *Lettre à M. le ministre de l'instruction publique sur les bibliothèques publiques de Paris*, par H. Ternaux-Compans. Paris, Delaunay, Palais-Royal, 1837. In-8. — *Literatur früherer und noch bestehender europaischer offenlicher und Corporations Bibliotheken zusammengestellt*, von E.-G. Vogel. Leipzig, 1840. In-8.

BIBLIOTHÈQUE IMPÉRIALE,

Rue Richelieu, 58.

Histoire. — Le roi Jean (1350-1364) est reconnu comme le fondateur de ce vaste établissement; mais Charles V (1364-1380) est le premier roi de France qui ait pris des mesures pour que sa *librairie* fût transmise à ses successeurs. En 1373, suivant l'inventaire de Gilles Mallet, elle comprenait 910 volumes, placés dans une des tours du Louvre. Négligée après lui, en 1425, le duc de Bedfort l'acquit, moyennant une faible somme d'argent, et l'on croit qu'il la transporta en Angleterre. La collection actuelle eut pour premier fonds une bibliothèque commencée par Louis XI (1461-1483). Il fut ordonné qu'un exemplaire de chaque ouvrage imprimé y serait déposé. Louis XII réunit ces livres à ceux que Charles d'Orléans, son père, avait rassemblés à Blois; et François Ier, en l'année 1544, transporta le tout dans une bibliothèque fondée par lui à Fontainebleau, et qui eut alors, 1890 volumes. En 1595, elle fut transférée à Paris, placée successivement au collége de Clermont, aujourd'hui lycée Louis-le-Grand, au couvent des Cordeliers et rue de la Harpe ; puis, en 1666, rue Vivienne; Colbert l'enrichit par de nombreux achats. En 1684, on y voyait 10,500 manuscrits et environ 40,000 volumes imprimés. En 1721, le Régent la fit installer dans la rue Richelieu, à l'ancien hôtel de Nevers, longtemps habité par Mazarin, où elle est encore aujourd'hui. La Bibliothèque du roi forma dès lors quatre divisions : Manuscrits, Imprimés, Titres et Généalogies, Planches gravées et Estampes. En 1741, le cabinet des Médailles, que l'on rapporta de Versailles, où il avait été installé en 1684, fit une cinquième division. Ces divisions, sauf celle des Titres et Généalogies, ont été conservées sous le nom de départements par la loi du 22 octobre 1795. Nous donnons plus loin des détails circonstanciés sur ces départements. La Bibliothèque est actuellement régie par un décret en date du 14 juillet 1858.

OBSERVATIONS GÉNÉRALES, *concernant indistinctement les divers départements.* — Toute l'année, à l'exception de la quinzaine de Pâques et des jours fériés, la Bibliothèque est ouverte aux lecteurs de 10 heures à 4. Les communications cessent pendant la dernière heure. En entrant, il faut déposer les cannes et parapluies; ce dépôt est gratuit. Pour sortir, si l'on est porteur de papiers, d'un portefeuille ou de livres, on doit demander un laissez-passer aux bibliothécaires qui ont prêté les matériaux de travail. — Le service est très-sévèrement fait. Dans la nécessité de répondre à un grand nombre de demandes, les employés ne peuvent aider de leurs conseils les travailleurs oublieux ou embarrassés; ici, pour obtenir, il faut non-seulement demander, mais demander clairement et précisément. La Bibliothèque est visitée les mardis et vendredis par un assez grand nombre de curieux, étrangers pour la plupart. Cet immense établissement n'est pas seulement remarquable par l'immensité de ses collections bibliographiques, on peut, en le parcourant, y trouver d'autres sujets d'étude et d'observation dont nous allons dire un mot. C'est dans la principale galerie du premier étage, consacrée à une partie des imprimés, qu'était placée la bibliothèque du cardinal Mazarin, collectionnée et conservée avec tant de soin par Gabriel Naudé; c'est dans cette même galerie que le financier Law établit la banque royale dont il était le créateur. A cette époque le plafond était peint. Pelegrini, artiste vénitien, y avait représenté les succès de la compagnie des Indes dans des tableaux allégoriques, qu'on effaça lors de la déconfiture de la banque. Plus favorisée, la magnifique galerie dite Mazarine, où sont déposés les manuscrits, a conservé les fresques dont le cardinal avait fait décorer son plafond, l'an 1651, par Romanelli. Les sujets principaux : Apollon et Daphné; Vénus dans son char; le Parnasse; le Jugement de Pâris; Vénus éveillée par l'Amour; Narcisse; Jupiter foudroyant les Géants; l'Embrasement de Troie; l'Enlèvement d'Hélène, celui de Ganymède; Rémus et Romulus allaités par une louve, sont distribués avec un goût admirable dans divers compartiments qu'espacent des médaillons, des figures, des ornements, sur lesquels la critique, en les louant, a depuis longtemps dit son dernier mot. On remarquera dans une salle des imprimés une œuvre d'art, élevée à la gloire du siècle de Louis XIV par un particulier dont cette entreprise a sauvé le nom de l'oubli, Titon du Tillet; c'est un groupe de bronze représentant une sorte de Parnasse où sont échelonnés les grands littérateurs et artistes du XVIIe siècle. Louis Garnier, habile sculpteur, termina ce singulier monument en 1718. Dans une autre salle, construite en 1731, sont placés les fameux globes de Coronelli, élevés par ce cosmographe aux dépens du cardinal d'Estrées qui les destinait, le premier, globe céleste, « à montrer quelle place occupaient dans le ciel les étoiles et les planètes à la naissance de Louis-le-Grand; » le second, globe terrestre, « pour rendre un continuel hommage à la gloire du roi, en montrant les pays où mille actions ont été exécutées et par lui-même et par ses ordres. » Dans la partie du même département consacrée aux cartes géographiques, on a exposé un certain nombre de pièces choisies qui peuvent donner une idée de l'ensemble de la collection : cartes manuscrites du moyen âge, cartes en relief, portraits de voyageurs, etc. Le département des estampes renferme des gravures sous verre magnifiques d'épreuve et d'exécution; celui des médailles, des monnaies, des camées, des figurines, des ornements et armures antiques, les prétendus boucliers de Scipion et d'Annibal, enfin des camées précieux dont la description, donnée dernièrement par M. Chabouillet, conservateur-adjoint, embrasse plusieurs centaines de pages. Dans le grand escalier, qui prend jour sur la rue Richelieu, est une tapisserie provenant du château de Bayart, don de M. Jubinal; quelques marches plus haut, est une cuve de porphyre qui a servi (dit-on) au baptême de

Clovis; ailleurs, des chefs-d'œuvre de reliure, des autographes précieux; ici, le zodiaque de Denderah; là, des inscriptions, des empreintes en plâtre, des vases et autres monuments antiques, parmi lesquels on remarquera un petit édifice apporté de Carnac par M. Prisse, et formant une chambre qu'on a reproduite exactement. Chaque année, le dépôt légal, les acquisitions, les dons enrichissent la Bibliothèque. On cite comme donateurs principaux, en 1858 : M. Lajard, une figurine d'argent massif et un bronze antique; M. de Luynes, une imitation antique en pâte de verre d'un camée de la collection impériale; Mme veuve Aubry-Lecomte, l'œuvre complet de son mari, habile lithographe. — *Admission du public à la Bibliothèque*. Amyot, maître de la librairie de 1567 à 1594, donnait entrée aux savants et leur communiquait avec facilité les manuscrits dont ils avaient besoin; mais c'était là une tolérance qui n'avait rien de réglementaire. En novembre 1692, l'abbé de Louvois, maître de la librairie depuis peu d'années, décida que la Bibliothèque serait ouverte deux jours par semaine à tous ceux qui voudraient venir y étudier. Cet état de choses subsista jusqu'à la Révolution. Dans les années qui la précédèrent, les jours d'ouverture étaient les mardis et les vendredis, à l'exception des jours de fête; tout le monde était admis à consulter les imprimés; depuis le fameux vol commis par Aymont au commencement du siècle, on se montrait plus difficile dans la communication des manuscrits. Les vacances dépassaient trois mois; elles furent depuis réduites à six semaines et ne sont plus actuellement que de quinze jours. — *Restauration des bâtiments de la Bibliothèque*. Durant longtemps, il a été question de la démolition de la Bibliothèque et du transport de ses collections au Louvre; dès 1716, cette idée se produisait; elle n'a été abandonnée que de nos jours pour des restaurations qui ont été poursuivies avec beaucoup de zèle et de goût.

ADMINISTRATION CENTRALE.—*Administrateur général, directeur, président du comité consultatif*, M. J. Taschereau, ✻, à la Bibliothèque.—*Conservateur-adjoint chargé de la comptabilité et de la réception du dépôt légal*, M. Ol. Barbier, rue Cassette, 8. — *Secrétaire de la direction*, M. Am. Bouvier, à la Bibliothèque. — Plus trois employés. — *Architecte*, M. Ch. Labrouste, O. ✻.—*Avoué*, M. Hervel, rue d'Alger, 9.— *Médecins*, MM. Laugier, rue Neuve-des-Capucines, 13; Vidal-Baudrand, rue Monthabor, 10. — *Libraire*, B. Duprat, rue du Cloître-Saint-Benoît, 7.

Bibliographie générale. — *Hist. de l'Acad. des inscript.*, I, 311-319 ; VII, 334 ; IX, 57 ; XXIX, 367 ; *Mém*, *ibid.*, II, 747 et suiv.; V, 344 ; XLV, 155 ; XLVII, 310-312.—*Essai historique sur la Bibl. du roi aujourd'hui Bibl. impér.*, *par Leprince. Nouv. édit.*, *revue et augmentée* par L. Paris. Paris, 1856. In-12.—*Inventaire de Gilles Mallet fait en l'année* 1373, précédé de la Dissertation par Boivin le jeune sur la même bibliothèque. 1836. In-8. — Dunoyer. *La Bibliothèque du Roi.* 1839. In-8.— *De l'organisation des bibliothèques publiques dans Paris*, par L. de Laborde. Paris, Franck, 1846. In-8.—P.-L. Jacob. *Réforme de la Bibl. du Roi.* Paris, Techener, 1845. In-12. — *La Bibl. royale*, par Ch. Louandre (*Revue des Deux-Mondes*, mars 1846).—*Rapport de M. P. Mérimée, au nom de la commission de la Bibl. impér.* 1858. (Réimprimé dans les *Archives du Bibliophile.*)—Livet, art. dans le *Moniteur*, 25 et 27 juill. 1858.

I. DÉPARTEMENT DES IMPRIMÉS, CARTES ET COLLECTIONS GÉOGRAPHIQUES.

1. IMPRIMÉS. HISTOIRE. — Les imprimés formaient autrefois un département spécial auquel depuis peu d'années a été réuni celui des cartes et collections géographiques. Ces deux dépôts sont néanmoins toujours isolés de fait; mais on a l'espoir qu'aussitôt après l'achèvement des nouveaux bâtiments, les salles des Imprimés, des Cartes et des Manuscrits seront à portée les unes des autres, afin que l'on

puisse communiquer à la fois des objets appartenant aux deux départements. C'est une faculté précieuse dont on jouit dans quelques bibliothèques étrangères et d'où résultent pour l'étude de grands avantages. On ne possède encore qu'un relevé approximatif du nombre des volumes qui peuvent exister dans cette partie de la Bibliothèque. Il dépasse 1,500,000; un calculateur curieux s'est assuré qu'ils couvrent 28 kilomètres de rayons.

Observations. *Prêt.*—S'adresser au bureau central où l'on délivre un bulletin, portant un formulaire imprimé qu'il faut remplir; on ne communique pas les romans, les pièces de théâtres, les ouvrages frivoles, les brochures politiques, les journaux ayant moins de vingt ans de date, les livres publiés depuis moins d'un an et les catalogues. Les jeunes gens au-dessous de vingt ans doivent se faire autoriser par le Directeur-Administrateur général.—Une surveillance éclairée préside au prêt. Tous les oisifs sont écartés aussi rigoureusement que possible; cependant il en est encore pas mal à sommeiller autour des tables. « Un grand nombre de visiteurs, a fait remarquer M. Mérimée, ne prennent des livres qu'afin d'avoir un prétexte pour se chauffer. Beaucoup demandent des livres frivoles et même infâmes. Beaucoup de bulletins de demande dénotent une ignorance si grossière, qu'évidemment leurs auteurs n'ont besoin d'aucun autre ouvrage que du rudiment. » — Pour notre part, nous conseillons aux lecteurs, à qui il reste quelques chances de trouver ailleurs les ouvrages dont ils ont besoin, de ne pas venir ici. Naturellement, dans cet immense dépôt littéraire, le service est beaucoup plus lent qu'en tout autre. De plus, les personnes qui ne possèdent que des renseignements sommaires, n'ayant pas l'avantage de se trouver directement en rapport avec les employés chargés du prêt, ne peuvent obtenir de leur complaisance aucun éclaircissement. Si tous ceux qui n'ont à demander que des ouvrages communs s'adressaient dans un autre dépôt, ceux que des recherches difficiles appellent seraient plus vite servis, et tout le monde y gagnerait. Il serait désirable que le public comprît de lui-même, car aucun règlement ne saurait intervenir sur ce point, que la Bibliothèque impériale n'est pas plus un cabinet de lecture qu'un chauffoir public, mais un établissement exceptionnel, où l'impossibilité de trouver ailleurs ce dont il a besoin amène le lecteur. Moins harcelés, les employés mettraient à leurs longues recherches tout le soin désirable et ne renverraient pas le plus souvent un bulletin noirci d'une large croix noire dans la colonne *catalogue*, ce qui signifie *absent*. — En moyenne, les lecteurs sont de 300 par jour. — *Prêt au dehors.* La Bibliothèque prête au dehors aux savants, gens de lettres et fonctionnaires publics ses livres imprimés, à l'exception de ceux qui forment collection, des livres à figures et autres ouvrages classés dans la Réserve. Ce service est parfaitement organisé et fait avec la plus grande libéralité et la plus grande diligence; sous ce rapport, la Bibliothèque, tout en sauvegardant ses intérêts, sert ceux du public de la façon la plus louable. Pour obtenir le prêt, adresser sa demande appuyée de ses titres à l'administrateur général qui la soumet au Conservatoire dans la séance du mercredi. Les personnes étrangères à Paris, qui désirent obtenir le prêt, doivent s'adresser à M. le Ministre de l'Instruction publique; les savants étrangers peuvent aussi l'obtenir par voie diplomatique. Les personnes autorisées sont admises quatre jours par semaine, lundi, mercredi, jeudi et samedi, à retirer ou à faire retirer les livres qu'elles auront demandés au moins 24 heures à l'avance par une lettre à M. Ravenel, conservateur sous-directeur. Le bibliothécaire commis à l'enregistrement des livres prêtés est M. Klein, qui s'acquitte de son emploi avec un zèle et une exactitude appréciés de tout le monde.

Bibliographie. — *Catalogue des livres imprimés de la Bibliothèque du roi.* Paris, Impr. roy., 1739. 7 vol. in-fol. — *Catalogue des livres imprimés sur vélin de la Bibliothèque du roi*, par Van Praët. Paris, 1822. 5 vol. In-8. — *Catalogue de la Bibliothèque impériale. Catalogue de l'Histoire de France.* Paris, Didot, 1854-1859. 6 vol. in-4. — *Catalogue de la Bibliothèque impériale. Catalogue des ouvrages de médecine.* Paris, Didot, 1857. In-4.

2. Cartes et Collections géographiques. Histoire. — La collection géographique a été créée par ordonnance royale du 30 mars 1828 et forma un département spécial qui fut réuni, en 1832, à celui des Estampes. En juillet 1854, reconstituée de nouveau en département, elle est devenue depuis une annexe de celui des Imprimés. Peu importante à son origine, elle forme aujourd'hui, par les soins de M. Jomard, son fondateur, un ensemble unique en Europe de cartes géographiques de tout genre. Les cartes sont placées dans des portefeuilles de leur grandeur, sans aucun pli et à plat, sur des tablettes mobiles; ce mode de placement a l'avantage de faciliter le travail et de conserver les pièces; la reliure à plusieurs plis est une cause de destruction et un embarras dans les recherches. — Nous avons dit plus haut que les salles de travail sont aussi des salles d'exposition où figurent des monuments géographiques remarquables. — L'usage de l'encre est interdit dans le dépôt.

Bibliographie. — Dans le Recueil de la Société de géographie on trouvera une suite de rapports sur les acquisitions et les progrès de la collection.

Observations générales. — Le crédit annuel du département n'est pas très-considérable ; il est absorbé par les frais de l'atelier intérieur de cartonnage, ceux d'abonnement à des recueils périodiques étrangers et ceux d'achat d'imprimés, de cartes et de documents géographiques. La principale source d'accroissement consiste dans le dépôt légal (ordonnance du 30 juillet 1834) : 15,000 numéros environ par an.

ADMINISTRATION DU DÉPARTEMENT. — *Conservateur, sous-directeur*, M. Ravenel, ✻, à la Bibliothèque. —*Conservateur, vice-président du comité consultatif*, M. Jomard, O. ✻, rue de Seine, 12.—*Conservateur, secrétaire du comité consultatif*, M. Magnin, O. ✻, rue Richelieu, 47. — *Conservateurs-adjoints:* MM. Richard, rue Bernard (Batignolles), 46; De Manne, à la Bibliothèque; de Pongerville, ✻, rue Bellefond, 20; Franck, ✻, rue de l'Oratoire (Champs-Elysées), 23; Rathery, ✻. — Plus 21 employés et 4 employés auxiliaires.

II. DÉPARTEMENT DES MANUSCRITS.

HISTOIRE. — Les recueils de ce département sont divisés en fonds, portant les noms de ceux qui les ont légués ou vendus. L'*Ancien Fonds français* consiste en manuscrits acquis, etc., pour la plupart depuis l'origine de la Bibliothèque jusqu'au règne de Louis XIV; le *Fonds de Dupuy* se compose de 300 volumes légués au roi en 1656 par Jacques Dupuy, auxquels on a joint les autres recueils du même genre composés par les Dupuy ou leur ayant appartenu, et que la Bibliothèque s'est procurés depuis; le *Fonds de Béthune* est formé de près de 2,000 volumes réunis par Philippe et Hippolyte de Béthune et offerts au roi par ce dernier, en 1658; le *Fonds de Brienne*, acquis par le roi en 1661; le *Fonds de Gaignières*, donné au roi, en 1711; les *Fonds de Dufourny*, de *Louvois*, de *La Mare*, de *Baluze*, de *de Mesmes*, de *Colbert*, *de Saint-Germain-des-Prés*, *de Saint-Victor, le Supplément français*, ces derniers ayant appartenu à des maisons religieuses supprimées, et un très-grand nombre d'autres fonds dont la notice détaillée remplirait plusieurs volumes, offrent tous, à divers titres, le plus grand intérêt; 30,000 manuscrits environ, sur les 100,000 dont se compose le cabinet, sont relatifs à l'histoire de France. Au point de vue de l'art, on sait que la Bibliothèque possède des manuscrits ornés de miniatures d'un prix inestimable. En langues étrangères, elle est particulièrement riche en manuscrits hébreux; viennent ensuite des manuscrits en plus ou moins grand nombre dans toutes les langues connues. On appelle Cabinet des Titres et Généalogies plusieurs milliers de portefeuilles ou boites remplies de titres généalogiques très-précieux pour toutes les familles d'Europe. Cette collection eut pour origine celle que Gaignières avait formée et qu'il donna au roi en 1711; on y joignit en 1717 celui d'Hozier, en 1754, celui de Blondeau et successivement un grand nombre d'autres cabinets, sans compter les pièces de tout genre et de toute provenance qu'y entassa la Révolution. Des autographes, de belles reliures et d'autres curiosités sont exposés sous des vitrines dans la grande salle des manuscrits, dite Galerie Mazarine.

OBSERVATIONS.—La Bibliothèque met ses richesses manuscrites à la disposition du public avec le plus généreux empressement; elle ne fait d'exceptions que pour les catalogues, des autographes, certaines pièces du cabinet des Titres et les ouvrages à figures d'un grand prix qu'un conservateur seul peut autoriser à emprunter. Cette autorisation s'accorde facilement à tout travailleur sérieux. Si l'on vient dans un but de curiosité, on pourra, en consultant M. Claude et en expliquant clairement ce qu'on désire voir, obtenir une prompte satisfaction; bien entendu qu'on ne fera pas, ainsi qu'il arrive quelquefois, de sottes demandes comme celle, recueillie par nous, du manuscrit autographe des œuvres de Voltaire. Il y a des bornes à tout, même à l'amabilité de M. Claude. — La salle de travail offre deux inconvénients : le premier consiste dans les causeries à voix basse qui s'y établissent fréquemment; le second, dans la mauvaise disposition des tables placées en face du jour. Sans doute, il est bon de surveiller les lecteurs; mais encore faudrait-il que cette surveillance s'exerçât sans les gêner. Les manuscrits orientaux sont communiqués par le savant M. Renan; M. L. Delisle est spécialement chargé des manuscrits latins; M. Michelant, des manuscrits français, et M. Claude des manuscrits grecs ; il faut autant que possible indiquer le numéro du manuscrit. Un conservateur-adjoint, auquel le public s'adresse volontiers parce qu'il n'a qu'à se louer de sa complaisance, est M. L. Lacabane, à la garde duquel est confié le cabinet des Titres et Généalogies. Quant à nous, nous profiterons de cette occasion pour le remercier de la bienveillance dont il a usé à notre égard toutes les fois que nous avons fait appel à ses lumières. Que MM. Delisle et Michelant veuillent bien au même titre recevoir l'hommage de notre reconnaissance. — *Prêt au dehors*. On prête au dehors les manuscrits, à l'exception des ouvrages autographes ou à vignettes. Les personnes autorisées n'ont pas besoin d'adresser leurs demandes d'avance ; elles peuvent retirer les livres tous les jours. (V., pour les autres conditions, ci-dessus, le § relatif au *Prêt au dehors* des Imprimés.) — *Nota*. Pour faire déchiffrer ou transcrire des manuscrits anciens dans les langues française ou latine, s'adresser à l'école des Chartes, où l'on trouve, parmi les jeunes élèves paléographes, des lecteurs et des copistes habiles et intelligents.

Administration. — *Conservateur, sous-directeur* · M. Natalis de Wailly, ✻, rue Basse (Passy), 14. — *Conservateurs :* MM. Hase, C. ✻, à la Bibliothèque; Reinaud, O. ✻, quai Conti, 15. — *Conservateurs adjoints :* MM. Léon Lacabane, O. ✻, avenue des Ternes, 81; Stanislas Julien, O. ✻, rue des Fossés-Saint-Jacques, 26; Berger de Xivrey, ✻, à la Bibliothèque; P. Paris, ✻, place Royale, 10, — Plus quatre employés.

Bibliographie. — *Catalogus codicum mss. bibliothecæ regiæ parisiensis.* Ex Typ. regia, 1739. 4 vol. in-fol. — *Notices et extraits des mss. de la Bibliothèque du roi.* Paris, 1787-1841. 14 vol. in-4. — *I manoscritti italiani della Bibl. regia Paris*, da Ant. Marsand. Parigi, 1835. In-4. —P. Paris. *Les Manuscrits français de la Bibliothèque du roi.* 1842-1847. 7 vol in-12. — Martinof, *les Manuscrits slaves de la Biblioth. imp.*, 1857.

III. DÉPARTEMENT DES MÉDAILLES,

Rue Colbert.

Histoire.—François Ier fut le premier roi de France qui eut le goût des médailles ; Henri II, Catherine de Médicis et leurs enfants aimèrent également ce genre de monuments. Charles IX, singulièrement, fit classer tout ce qui avait été réuni d'antiquités, leur donna place au Louvre et chargea un garde de leur conservation. Dispersées pendant les guerres civiles, il n'en restait plus que des débris à l'avénement de Henri IV. Louis XIII les négligea. Louis XIV fit porter au Louvre tout ce qu'il y avait de médailles éparses dans les maisons royales. L'intendant du cabinet ayant été assassiné en 1666, l'année suivante on réunit cette collection à la Bibliothèque du Roi; Colbert en fit de beaucoup le plus riche cabinet qu'il y eût en Europe. En 1684, Louis XIV le voulut voir à Versailles et lui assigna pour local un grand salon près de ses appartements, et dès lors Louvois eut soin de l'accroître chaque année d'une manière notable. Il ne fut rendu à la

Bibliothèque et à l'étude que sous Louis XV, prince plus soucieux d'autres occupations (1741). On l'installa dans le lieu qu'il occupe encore aujourd'hui, édifice construit pour cette destination vingt ans auparavant. — Ce département, qui a été plusieurs fois spolié indignement, contient aujourd'hui plus de 120,000 pièces; le crédit annuel destiné aux acquisitions est très-suffisant.

OBSERVATIONS. — Pour être admis à travailler, il faut remettre la veille au Conservateur un bulletin où l'on inscrit son nom, son adresse et l'indication de la classe de monuments que l'on veut consulter. Les médailles et autres objets ne sont communiqués qu'en présence d'un employé.

ADMINISTRATION.—*Conservateur*, M. Lenormant, ✻, rue Madame, 34.—*Conservateurs-adjoints :* MM. Chabouillet, ✻, chaussée de la Muette, 10; Lavoix, rue Chaptal, 22. — Plus deux employés.

Bibliographie.—A.-L. Cointreau. *Histoire abrégée du cabinet des médailles et antiques de la Bibliothèque nationale.* 1800. — Dumersan. *Notice sur la Bibliothèque royale et particulièrement sur le cabinet des médailles, antiques et pierres gravées.* 1835. In-12.— Chabouillet. *Catalogue des camées et pierres gravées du cabinet des médailles.* Claye, 1859. In-12.

IV. DÉPARTEMENT DES ESTAMPES.

HISTOIRE. — Colbert créa ce cabinet, en 1667, avec 125,000 gravures qu'il acheta de l'abbé de Marolles pour en enrichir la Bibliothèque du Roi. Il s'augmenta successivement des planches que fit graver Louis XIV pour rappeler les événements remarquables de son règne; de la magnifique collection Gaignières; en 1711, des 13,000 portraits formant le recueil de Clément, garde de la Bibliothèque; de la collection d'estampes de Ch. de Beringhen, composée de 80,000 pièces (1731); de 80 volumes, formant une suite de portraits rassemblés par le maréchal d'Uxelles (1753) ; des collections Fontette (1770), Mariette (1775), et dernièrement du magnifique recueil de Bure. Aujourd'hui cet inappréciable musée iconographique ne renferme pas moins de 1,500,000 pièces contenues dans près de 12,000 volumes ou portefeuilles.

Observations. — Il faut une permission spéciale du Directeur, administrateur général, pour être admis à travailler dans ce département.

Administration. — *Conservateur, sous-directeur*, M. Delaborde, rue Royale-Saint-Honoré, 10. — *Conservateur, sous-directeur-adjoint*, M. Dauban, rue de Condé. — Plus quatre employés et un auxiliaire.

Bibliographie. — J. Duchesne. *Notice des estampes exposées à la Bibliothèque du roi, etc., précédé d'un Traité sur l'origine du cabinet des estampes.* 1837. In-12. — *Le département des estampes de la Bibliothèque impériale*, avec une vue de la galerie. (*Magasin pittoresque*, 1855, 297.)

BIBLIOTHÈQUE DE L'ARSENAL.

Rue de Sully, 1.

Histoire. — Il est peu de collections bibliographiques en Europe qui aient une importance pareille à celle de la bibliothèque de l'Arsenal, soit par le nombre des volumes qu'elle renferme et qui s'élèvent à plus de 230,000, dont 6,000 manuscrits, soit par la beauté et la rareté des éditions. On y remarque un grand nombre de recueils de vers et de comédies, une collection très-précieuse de romans des siècles derniers, presque toutes les œuvres des poëtes obscurs de la renaissance des lettres, etc., etc. Elle doit son origine au marquis de Voyer de Paulmy, qui avait réuni environ 125,000 volumes, et qui, pour éviter que cette collection si précieuse pour l'histoire et pour les lettres fût dispersée après sa mort, la vendit au comte d'Artois, frère de Louis XVI, depuis Charles X. Cette bibliothèque, qui conserva jusqu'à la Révolution de Juillet 1830 son ancien nom, prit à cette époque la dénomination sous laquelle elle est connue aujourd'hui. C'est par erreur qu'on a dit qu'elle occupe les appartements de Sully, qui, entre autres fonctions, remplissait, comme on sait, celle de grand maître de l'artillerie de France, et habitait d'autres bâtiments du grand arsenal. Il y a quelques années, on a restauré avec soin un appartement composé d'une chambre et d'un grand cabinet, avec peintures, ornements et dispositions du XVIIe siècle, bien conservés, qui n'est pas le cabinet du célèbre surintendant des finances. Depuis, de grands travaux ont été faits pour réparer et isoler les vieilles constructions, lesquelles reposent sur les fondations des anciennes murailles de Paris, construites sous Philippe-Auguste. Les dispositions intérieures, notamment, ont été changées et améliorées; enfin en 1859, sur la rue de Sully, un fronton a été orné par M. Dantan aîné, qui y a sculpté une Victoire entourée d'attributs guerriers. La partie moderne de l'édifice regarde le quai Morland; elle a été élevée, en 1718, par ordre du régent, sur les dessins de Boffrand pour servir de demeure au gouverneur de l'Arsenal.

OBSERVATIONS. — La bibliothèque est ouverte tous les jours non fériés, de 10 heures du matin à 3. Les vacances ont lieu du 15 septembre au 3 novembre. Située dans un quartier excentrique, elle n'était fréquentée jusqu'à ces dernières années que de quelques rares habitués; mais les déplacements qui se sont opérés dans la population de Paris ont profité au quartier du Marais. Ainsi a été rompu le charme qui pesait depuis tant d'années sur ces steppes verdissantes, et la bibliothèque a vu arriver chez elle des lecteurs inaccoutumés et nombreux, pour lesquels elle a ajouté une salle de lecture à l'unique salle à peine occupée jadis. L'hiver, ces salles sont chauffées par un calorifère, moins celle des manuscrits, dans laquelle une large et belle cheminée réjouit les yeux sans soulagement pour les doigts engourdis du lecteur, auquel le règlement assigne une place éloignée. Les conservateurs et les bibliothécaires, à l'exception de ceux qui sont commis à la surveillance des salles, occupent une des pièces d'entrée ; on doit leur remettre par écrit les demandes de livres imprimés; si les ouvrages existent dans les dépôts, ils sont apportés par un employé-gardien au lecteur qui a pu aller prendre place dans la salle de travail. La bibliothèque communique généreusement toutes ses richesses et ne met l'embargo sur aucune d'elles (voy., ci-dessous, Bibliothèque Sainte-Geneviève, *observations*); elle a à sa tête des bibliographes de premier ordre, des érudits et des littérateurs aux lumières desquels on peut faire appel avec la certitude d'une réponse obligeante et instructive. Nous souhaitons aux véritables amis de l'étude d'avoir à demander un éclaircissement, une recherche à MM. Paul Lacroix, Edouard Thierry, Malitourne, Montaiglon, entre autres; ces messieurs, malgré leurs graves préoccupations, mettent, avec empressement, au service du public leurs lumières et leur expérience consommée.

ADMINISTRATION. — *Conservateur-administrateur*, M. Laurent (de l'Ardèche), ✻, à la Bibliothèque. —*Conservateurs :* MM. Paul Lacroix, ✻, à la Bibliothèque; Labiche, ✻, à la Bibliothèque. — *Conservateurs-adjoints :* MM. Ed. Thierry, ✻, à la Bibliothèque; Vaissade, ✻; F. Ravaisson. — *Conservateurs honoraires :* MM. de L'Escalopier, ✻; Amyot, ✻.— *Conservateur-adjoint honoraire*, M. Leroux de Lincy, ✻. — *Bibliothécaires :* MM. L. Cordiez; Baudry.

— *Sous-bibliothécaires :* MM. Malitourne; Loudun; Jouyne. — *Surnuméraires :* MM. Cousin ; A. de Montaiglon.

Bibliographie.—Pas de monographies spéciales; des articles disséminés. On devra consulter, dans les nos 7 et 16 de la *Correspondance littéraire* (1859), deux très-curieux documents.

BIBLIOTHÈQUE MAZARINE,

A l'Institut, quai Conti, 21.

Histoire. — Cette bibliothèque fut formée, sur l'ordre de Mazarin, par le savant Gabriel Naudé, qui commença sa collection vers 1643 par l'achat des livres d'un chanoine de Limoges, nommé Decordes. Il parcourut ensuite toute l'Europe, et se procura ce qu'il put trouver d'ouvrages rares et estimés. Aussi la bibliothèque se trouva bientôt composée de plus de 40,000 volumes. Le cardinal l'avait rendue publique en 1644. Une fois par semaine, le jeudi, elle s'ouvrait pendant huit heures à plus de cent personnes auxquelles les livres étaient communiqués avec empressement. Elle occupait alors plusieurs pièces dans l'hôtel habité par Mazarin, et qui forme aujourd'hui une partie de la Bibliothèque impériale. Pendant la Fronde, les richesses bibliographiques du cardinal coururent les plus grands dangers et furent, malgré les supplications de Gabriel Naudé, à la veille d'être dispersées; déjà 16,000 volumes avaient été vendus lorsque le roi arrêta la vente le 30 janvier 1652. Par son testament, Mazarin consacra sa bibliothèque à la satisfaction et à la commodité des gens de lettres, et demanda qu'elle leur fût ouverte deux fois par semaine, ce qui ne fut définitivement réalisé qu'en 1688, dans le même monument et les mêmes salles où elle est aujourd'hui placée. A cette époque, la bibliothèque se composait de près de 60,000 volumes. Elle demeura sous l'administration de la maison et société de Sorbonne, du 14 avril 1688, date du contrat passé entre les exécuteurs testamentaires du cardinal et les docteurs de cette maison, jusqu'au 7 mai 1791, époque où la remise de cette bibliothèque fut faite par l'abbé Hooke, à l'occasion de son refus de prêter serment à la Constitution civile du clergé, et devint dès lors propriété de l'Etat. Aujourd'hui elle n'a pas moins de 130,000 vol., principalement beaux livres des xve et xvie siècles, anciens ouvrages d'histoire, de médecine, de théologie, et livres italiens, plus 4,000 manuscrits intéressants, provenant pour la plupart de communautés religieuses. Elle possède en outre différents objets d'art, parmi lesquels figure un globe terrestre, construit pour Louis XVI, par Bergerin, et une collection léguée par M. Petit-Radel, de l'Institut, précédent administrateur. C'est un musée composé de 80 modèles, exécutés en relief par un gardien de la bibliothèque, sous la direction de M. Petit-Radel, et représentant des monuments pélasgiques de l'Italie, de la Grèce et de l'Asie Mineure.

Observations. — La bibliothèque est ouverte tous les jours non fériés, de 10 heures à trois. Les vacances ont lieu du 1er août au 15 septembre. C'est l'établissement de ce genre où le public trouve le plus d'obligeance de la part des employés. On doit, en entrant, inscrire sa demande sur un bulletin que l'on remet au bibliothécaire de service, puis, sur le visa de celui-ci, à un gardien. Ces gardiens, au nombre de trois, connaissent bien le dépôt et se tiennent aux ordres du public avec autant d'intelligence que d'activité. MM. les bibliothécaires se font remarquer par la bienveillance avec laquelle ils multiplient, au gré du lecteur, les recherches dans leurs différents catalogues. Comme partout ailleurs, ces relevés ne se communiquent pas au public, et il est regrettable que toutes les richesses que possède la bibliothèque n'y soient pas encore inscrites. Quoi qu'il en soit, nous ne sommes plus à l'époque où M. P. L. Jacob, bibliophile, pouvait dire avec vérité qu'à eux dix les successeurs de G. Naudé ne le remplaçaient pas. Parmi les véritables bibliographes que l'administration de la bibliothèque Mazarine compte aujourd'hui au nombre de ses membres, nous n'en citerons que trois : MM. Daremberg, Cocheris et Franklin. Ce dernier prépare sur l'histoire de cette célèbre collection de livres un travail important, qui doit paraître prochainement. La bibliothèque Mazarine ne possède pas de livres modernes et, depuis 1789, ne s'est guère procuré que quelques recueils de Mémoires et des Dictionnaires biographiques et bibliographiques.

Administrateur. — *Conservateur-administrateur*, M. de Sacy, ✱, de l'Académie française, à la Bibliothèque. — *Conservateur*, M. Philarète Chasles, ✱, à la Bibliothèque. — *Conservateur-adjoint*, M. Louis Moreau, ✱, à la Bibliothèque. — *Bibliothécaires* : MM. Daremberg, rue de Seine, 1 ; M. Jules Sandeau, O. ✱, à la Bibliothèque ; Berrier ; Goujon, *chargé de la comptabilité et du matériel*, rue Taranne, 14. — *Sous-bibliothécaire*, M. Hippolyte Cocheris. — *Attaché*, M. Alfred Franklin.

Bibliographie. — *Recherches sur les bibliothèques anciennes jusques et y compris la fondation de la bibliothèque Mazarine*, par M. Petit-Radel. Paris, 1819. In-8. — *Recherches sur les monuments cyclopéens et description de la collection des modèles en relief composant la galerie pélasgique de la bibliothèque Mazarine*, par le même. 1841. In-8.

BIBLIOTHÈQUE SAINTE-GENEVIÈVE,

Place du Panthéon.

Histoire. — Fondée en 1624 par le cardinal de La Rochefoucauld, abbé commendataire de Sainte-Geneviève, dans des bâtiments de cette abbaye aujourd'hui livrés au lycée Napoléon, cette bibliothèque s'enrichit successivement des collections de Chanteau et Lallemand, chanceliers de l'Université, de l'abbé de Flecelles, et en 1709, du cardinal Charles-Maurice Le Tellier, archevêque de Reims. A la suppression de l'abbaye Sainte-Geneviève, elle devint propriété de l'Etat et prit alors, et garda durant l'Empire, le nom de Bibliothèque du Panthéon. Les livres, transférés provisoirement, en 1843, dans les bâtiments de l'ancien collége de Montaigu, ont été déposés dans les bâtiments actuels, qui ont été inaugurés solennellement, en 1850. La salle de lecture des imprimés est la plus belle et la plus vaste des bibliothèques de Paris; elle peut donner place à 420 personnes assises. On y voit un joli tableau en tapisserie des Gobelins, représentant la *Lecture*; le génie de l'étude lui apporte un flambeau à la chute du jour, allégorie ingénieuse à la destination principale de la bibliothèque. Le rez-de-chaussée est occupé : 1° par un beau et grand vestibule, ouvert un quart d'heure avant la bibliothèque et chauffé durant l'hiver; 2° par les collections de manuscrits, d'estampes et de curiosités, à droite; 3° par la théologie et le dépôt, à gauche. Elle contient 5,000 manuscrits et environ 150,000 imprimés ; et pendant les vacances, ouvertes le 1er septembre 1859 a été appropriée pour en recevoir un grand nombre d'autres. Raretés : collection d'Aldes, d'Elzeviers, d'incunables, de livres italiens du XVIe siècle ; un des exemplaires des œuvres dramatiques de Lope de Vega les plus complets que l'on connaisse; collection importante de journaux, mercures et recueils littéraires du XVIIe siècle jusqu'à l'Empire. On remarque encore une collection unique de portraits du XVIe siècle, une autre de portraits au pastel des rois de France, le portrait singulier de la religieuse noire de Moret, le masque en cire de Henri IV, etc., etc.

Observations. — La Bibliothèque est ouverte tous les jours non fériés de 10 heures du matin à 3 heures du soir et, depuis le 1er janvier 1838, de 6 heures à 10 heures du soir. Pendant la première séance, à partir de 2 heures 1/2; pendant la seconde, à partir de 9 heures, on ne confie plus aucun livre. Les vacances ont lieu du 1er septembre au 15 octobre inclusivement. La salle de lecture est éclairée par des becs de gaz fixés aux tables de travail; et, l'hiver est chauffée par des calorifères. En cette saison, la foule des lecteurs est si grande que, pour s'assurer d'une place à la séance du soir, il faut arriver avant sept heures. Les visiteurs et les dames ne sont admis que le matin. A gauche, en entrant dans la salle de lecture, se trouve la jurisprudence; au fond, la théologie et l'histoire ecclésiastique; à droite, en entrant, la littérature moderne; au fond, la littérature ancienne et les mathématiques; à gauche, en regardant le bureau central, l'histoire; à droite, la médecine et la philosophie. A chacune de ces sections est commis un sous-bibliothécaire qui reçoit de vive voix les demandes du public. C'est la seule bibliothèque où le service soit complétement fait par ces fonctionnaires. On peut d'abord s'adresser au bureau central et prier le bibliothécaire ou le conservateur de vérifier dans les catalogues si le livre qu'on demande existe et quel est son numéro. Le *Moniteur*, la *Gazette des Tribunaux*, les ouvrages de théologie et les manuscrits ne se communiquent pas le soir. On ne saurait obtenir à la fois communication de plusieurs volumes; MM. les bibliothécaires veillent parfois avec trop de rigueur à l'exécution de cet article du règlement. Les livres soi-disant frivoles ont été retirés sans pitié des rayons et enfouis dans les salles basses; il eût suffi, ce semble, de donner l'ordre précis aux employés de ne les confier que sur autorisation précise du bureau. Cette mesure nuit à beaucoup de lecteurs sérieux qui viennent souvent consulter un conteur ou un poëte par un tout autre motif que pour se distraire. En revanche, cette bibliothèque prête peu au dehors et l'on trouve généralement ses livres à leur place. Les élèves des facultés de droit et de médecine, qui forment la presque totalité des habitués (par jour, en moyenne, un millier), n'ont qu'à se louer de la variété d'ouvrages de jurisprudence et de médecine qui sont mis à leur disposition; néanmoins, le plus grand nombre sont déjà d'une date ancienne; il serait bon de tenir les collections au courant du progrès des sciences. — Le public n'a pas la facilité de toucher aux catalogues. On montre un ouvrage de ce genre, d'invention nouvelle : il est composé de cartes percées et traversées en files par des tiges de fer, puis renfermées dans des boîtes. L'inventeur de ce catalogue, M. Pinçon, l'a nommé *catalogue-capsynthétique* ou *boîte-catalogue;* malheureusement, quelles que soient les garanties de sécurité pour l'administration qu'offre le maniement de pareilles boîtes, elle s'en réserve l'usage exclusif. M. Pinçon est un bibliothécaire fort zélé; il suffit pour le louer de le citer parmi les collaborateurs de ce savant modeste, de cet érudit plein d'obligeance, M. Ferdinand Denis, son collègue à la bibliothèque Sainte-Geneviève, avec lequel il a publié chez Roret un *Manuel de Bibliographie* destiné à devenir populaire.

ADMINISTRATION.—On a construit en face de la bibliothèque, au coin de la rue des Sept-Voies et de la place, un corps de logis à plusieurs étages, où sont logés gratuitement quelques employés de la bibliothèque. — *Conservateur-administrateur*, M. de Brotonne, ✳, à la bibliothèque. — *Conservateurs :* MM. Bernard, ✳, rue des Pyramides, 2; Ferdinand Denis, ✻, rue de l'Ouest, 56; X. Marmier, ✻, rue Saint-Thomas-d'Aquin, 1; Cucheval-Clarigny, ✻, rue Neuve-des-Mathurins, 35; Avenel, à la bibliothèque. —*Bibliothécaires :* MM. Blanchet, *comptable*, à la bibliothèque; Taunay, ✻, rue des Postes, 10; Ch. Lafont, ✻, rue Guénégaud, 8; H. Trianon, rue de la Pépinière, 43 *bis*; L. Quicherat, ✻, rue Saint-Jean-de-Beauvais, 10; Pinçon, à la bibliothèque. — *Sous-bibliothécaires :* MM. Bouvin, à la bibliothèque; G. Warée, quai Malaquais, 17; A. des Essarts, rue Servandoni, 19; Buron, rue Madame, 1; De Bornier, rue Madame, 1. — Le reste du service est fait par sept autres employés.

Bibliographie.—*Histoire de la bibliothèque Sainte-Geneviève*, par Alfred de Bougy, *suivie d'une Monographie bibliographique*, par Pinçon. Paris, Comon, 1847. In-8. Cette Monographie de M. Pinçon est la liste de tous les ouvrages publiés sur la bibliothèque; nous nous contentons d'y renvoyer.

BIBLIOTHÈQUE DE LA SORBONNE,

A la Sorbonne.

HISTOIRE. — Aussi ancienne que l'Université de France et réorganisée en 1765, cette bibliothèque fut appelée successivement bibliothèque de l'Université de Paris et du collége Louis-le-Grand, du Prytanée français, de l'Université de France, de l'Académie de Paris et enfin, récemment, de la Sorbonne, de l'édifice où elle est établie depuis 1825. Elle rend de grands services aux étudiants des facultés par le bon choix d'ouvrages classiques modernes, livres de science, de philosophie, d'histoire, dont elle s'enrichit continuellement. Le nombre de ses volumes s'élève aujourd'hui à environ 100,000, parmi lesquels il faut comprendre 1,000 manuscrits précieux.

OBSERVATIONS. — Depuis 1845, elle est ouverte tous les jours non fériés, de dix heures à trois.

Vacances du 10 juillet au 25 août. C'est l'un des mieux tenus des dépôts littéraires de Paris; ses catalogues sont toujours au courant; on rencontre assez d'obligeance de la part des bibliothécaires, et il serait à souhaiter que les employés-gardiens apprissent d'eux quelques notions de politesse qui semblent parfois leur manquer.

Administration. — *Conservateur-administrateur*, M. Ph. Le Bas, O. ✱, membre de l'Institut, à la Sorbonne. — *Conservateurs-adjoints*, MM. Xavier Corneille, rue de Vaugirard, 47; Léon Renier, ✱, de l'Institut, rue de Beaune, 20. — *Sous-bibliothécaires :* MM. Léonard Chodzko, rue de Tournon, 5, de Bougy; Ch. Le Bas, rue Sainte-Apolline, 18. — *Employé :* Em. Latouche, rue du Cherche-Midi, 23.

BIBLIOTHÈQUE DE LA VILLE DE PARIS,

A l'Hôtel-de-Ville.

Histoire.— Elle doit sa première fondation au legs de M. Moriau, collection de 14,000 imprimés et de 2,000 manuscrits, parmi lesquels se trouvait le recueil Godefroy, composé de 500 cartons, remplis de lettres originales, de 100 cartons de cartes et estampes, de 500 portefeuilles contenant des pièces fugitives imprimées et de 20,000 pièces en parchemin (1759); d'autres legs, des achats l'augmentèrent successivement. Elle occupa d'abord un local à l'hôtel Lamoignon, rue Pavée-au-Marais, 24, puis fut transférée dans la maison professe des jésuites, aujourd'hui collége Charlemagne. Les livres qui composaient cet utile dépôt prirent en 1793 le nom de Bibliothèque de la Commune, qu'ils conservèrent jusqu'au moment où ils furent, on ne sait sous quel prétexte, divisés entre diverses bibliothèques de Paris, c'est-à-dire peu d'années après; il n'en reste plus un seul dans le nouveau fonds qui fut commencé sous le Directoire. Quelque temps, elle fut appelée bibliothèque de l'Ecole centrale, et ne redevint qu'en l'an XIII bibliothèque de la Ville. Du collége Charlemagne, alors lycée, on la transféra, sous l'empire, à l'Hôtel des Vivres, rue Saint-Antoine, 110, où elle resta jusqu'en 1817. Durant près de vingt ans, elle se trouva placée dans les galeries Saint-Jean, rue du Tourniquet, aujourd'hui rue Lobau. L'agrandissement de l'Hôtel-de-Ville occasionna un nouveau déplacement; enfin, en 1847, elle fut installée en six semaines dans les salles qu'elle occupe actuellement, par les soins du sous-bibliothécaire, M. Prosper Bailly. Avant M. Rolle père, qui succéda au premier bibliothécaire, M. Nicoleau, en 1810, la bibliothèque n'avait que 15,000 volumes; en 1832, elle en comptait 45,000 et elle en possède aujourd'hui plus de 80,000, parmi lesquels une collection de livres (12,000 vol.) donnés par divers états de l'Union américaine et près de 200 manuscrits. Le fonds Godefroy appartient à la Bibliothèque de l'Institut depuis l'an VIII.

OBSERVATIONS.—La bibliothèque est ouverte tous les jours non fériés, de 10 heures à 3. Ses vacances ont lieu du 15 août au 30 septembre inclusivement; de plus, à l'époque des grandes fêtes que donne l'Hôtel-de-Ville, le service exige ordinairement sa fermeture durant quelques jours. — Certains livres sur Paris annoncent qu'elle possède beaucoup d'ouvrages concernant les villes de France; cette indication, à ce qu'on assure, va devenir une vérité. — Généralement, les lecteurs sont peu nombreux et l'on pourrait travailler dans les meilleures conditions de tranquillité, si parfois les fanfares de la caserne voisine ne venaient réveiller les échos du pavillon Saint-Jean. L'avantage de pouvoir consulter à la fois une assez grande quantité de volumes, celui d'avoir, pour ainsi dire, à sa libre disposition les grandes collections et les dictionnaires de la salle de lecture, rendent cette bibliothèque chère aux personnes qui savent par quels efforts de patience il faut acheter, dans la plupart des autres dépôts littéraires de Paris, communication de plusieurs volumes d'un ouvrage in-folio. Depuis peu de mois, la bibliothèque, qui prêtait beaucoup au dehors, a réformé des habitudes généreuses qui menaçaient de lui porter préjudice, et se trouve bien, ainsi que le public, de ce nouveau règlement.

Administration. — La ville alloue à la bibliothèque, sur son budget annuel, une somme de près de 20,000 fr., dont plus de la moitié est employée au traitement du personnel. — *Bibliothécaire - administrateur*, M. Rolle, ✻. — *Sous-bibliothécaire*, M. Bailly (Prosper).—*Attaché*, M. A. de Saint Albin.

BIBLIOTHÈQUE DU MUSÉUM D'HISTOIRE NATURELLE,

Au Jardin des Plantes, rue Geoffroy-Saint-Hilaire.

Ouverte tous les jours, de 10 heures à 3, depuis le 7 septembre 1794 ; elle prend ses vacances du 1er septembre au 1er octobre exclusivement. Elle est remarquable par ses livres rares et manuscrits sur l'histoire naturelle, et sa collection de planches et gravures dites « de vélins, » qui comprend environ 5,000 dessins des meilleurs maîtres, dans 90 volumes in-folio. En tout, 40,000 volumes.

Administration.—*Bibliothécaire*, M. Desnoyers, ✻, au Muséum.—*Sous-bibliothécaire*, M. Lemercier.

BIBLIOTHÈQUE DE L'ÉCOLE DE MÉDECINE,

Place de l'École-de-Médecine.

S'est formée des livres de l'ancienne Faculté, de la Société royale de Médecine, de l'Académie royale de Chirurgie, et de l'Ecole de Chirurgie, puis s'est accrue successivement, et compte aujourd'hui 45,000 volumes environ. Outre les livres en toute langue relatifs à la médecine, à la chirurgie et à l'histoire naturelle, la bibliothèque possède un grand nombre de livres de littérature et des manuscrits précieux d'anciens médecins et de l'ancienne faculté. Les *Commentarii facultatis medicinæ parisiensis* y forment une série de 23 volumes qui vont de 1395 à 1777. — L'entrée est réservée par les règlements aux étudiants et aux médecins munis de cartes; mais, d'après un usage plus libéral, on admet indistinctement tous les travailleurs chaque jour, moins le jeudi, le dimanche et jours de fête, de 11 heures à 3, et de 7 à 10 du soir; vacances en septembre et octobre.

ADMINISTRATION.—*Bibliothécaire*, M. Raige de Lorme, ✻.—*Bibliothécaire-adjoint*, M. Bell. — *Sous-bibliothécaire*, M. Beaugrand.

BIBLIOTHÈQUE DE L'ÉCOLE DE DROIT,

A la Faculté, place du Panthéon.

Fondée en 1804 et composée d'ouvrages de droit ancien et moderne (10,000 volumes); elle est réservée par les règlements aux étudiants, mais, de fait, elle est publique. — *Heures d'ouverture :* tous les jours non fériés, de 10 à 4; vacances, du 31 août au 15 novembre. — *Bibliothécaire*, M. Deleau.

BIBLIOTHÈQUE DU CONSERVATOIRE DE MUSIQUE ET DE DÉCLAMATION,

Au Conservatoire, rue du Faubourg-Poissonnière, 15.

Ouverte tous les jours non fériés, de 10 heures à 3, cette collection, la plus complète dans sa spécialité, a été fondée en 1794. Elle compte aujourd'hui

25,000 volumes de musique. On y trouve toutes les partitions nouvelles, presque toutes celles des anciens maîtres, et un assez bon choix de livres relatifs soit à l'art musical, soit à l'art dramatique. Le dépôt des ouvrages nouveaux et des acquisitions pour lesquelles un crédit spécial est alloué en font un dépôt unique en son genre.

ADMINISTRATION.—*Bibliothécaire*, M. Hector Berlioz, ✻.—*Préposé à la bibliothèque*, M. Leroy.

BIBLIOTHÈQUE DU CONSERVATOIRE DES ARTS ET MÉTIERS,

Au Conservatoire, rue Saint-Martin, 292.

Ouverte tous les jours (le dimanche compris), excepté le lundi, de 10 heures à 3; vacances, les quinze premiers jours de septembre. Elle est riche en ouvrages technologiques et scientifiques français et étrangers qui peuvent éclairer les praticiens dans les diverses branches du travail industriel : en tout, plus de 20,000 volumes. Cette précieuse collection bibliographique est installée dans le réfectoire de l'ancien prieuré, rétabli dans son état primitif de la façon la plus intelligente, avec vitraux, dorures, boiseries, carrelage, etc.

ADMINISTRATION. — *Bibliothécaire*, M. Boquillon. — *Bibliothécaire adjoint*, M. Godard.

BIBLIOTHÈQUE NATIONALE POLONAISE,

Quai d'Orléans, 6.

Fondée en 1839, cette bibliothèque possède déjà plus de 30,000 volumes, spécialement ouvrages polonais, manuscrits, estampes, cartes géographiques. Elle est ouverte au public tous les jours non fériés, de midi à quatre heures.

Bibliothécaire : M. J.-K. Ordyniec.

BIBLIOTHÈQUE DE LA CHAMBRE DE COMMERCE,

Place de la Bourse, 2.

Ouverte tous les jours non fériés, de 11 heures à 4, cette bibliothèque se compose de tous les ouvrages qui intéressent le commerce et l'industrie, sous la classification méthodique d'arts et métiers, commerce intérieur et maritime, navigation, colonies, législation, finances, douanes, économie politique, statistique, voyages, etc. Elle est appelée, ainsi que toutes les bibliothèques spéciales, à rendre de véritables services.

ADMINISTRATION. — *Bibliothécaire*, M. Jules Desmarest, rue Neuve-Ménilmontant, 13.

—

II. — BIBLIOTHÈQUES OUVERTES AUX PERSONNES AUTORISÉES.

On peut, sur présentation ou par permission spéciale, avoir accès dans les dépôts ci-dessous.

—

BIBLIOTHÈQUE DU LOUVRE,

Au Louvre, place du Palais-Royal.

HISTOIRE. — C'était au Louvre, dans la Tour de la Librairie, que Charles V conservait la bibliothèque qu'on regarde comme l'origine de la Bibliothèque impériale. On a vu plus haut quel fut le sort de cette collection. Cependant les rois de France ne cessèrent d'avoir au Louvre une bibliothèque particulière qu'on appelait les Livres du cabinet du Louvre, et dont un garde prenait soin. Jusqu'en 1528, ce titre est donné tour à tour à G. et à J. de Sauzay, J. Verdurier, Cl. et Gabriel Chapuis, etc., etc., qui se succédèrent dans cette charge, jusqu'en 1720, où les livres du cabinet du Louvre furent transportés à la Bibliothèque royale, puis distribués à leur place définitive. La bibliothèque actuelle fut formée sous l'Empire et est restée depuis Bibliothèque de la Couronne. Longtemps située dans un entresol, sur le quai du Louvre, son moindre inconvénient était sa difficile surveillance. Elle occupe aujourd'hui, dans les nouveaux bâtiments, un magnifique local orné de peintures de M. Abel de Pujol. — 90,000 volumes, parmi lesquels de belles collections iconographiques, la collection pétrarquesque (800 vol.), un immense recueil de pièces sur la Révolution et de manuscrits intéressants (les papiers de Colletet, ceux de Noailles, des *Mémoires* de d'Argenson, etc., etc.). Elle s'est enrichie, dans ces dernières années, des bibliothèques de l'intendance de la liste civile, des Tuileries, de l'Elysée, du Musée et Motteley, au Louvre.

Observations. — Publique de 1848 à 1852, la Bibliothèque a repris depuis son règlement, modifié le 21 juillet 1853. Les seules personnes, autorisées par l'administration de la liste civile, obtiennent communication des livres; on n'est pas admis à visiter.

Administration. — *Conservateur-administrateur*, M. Barbier, ✻. — *Conservateur*, M. A. de Courson, ✻. — *Bibliothécaires :* MM. Pillon, Vallery-Radot, Maestroni-Meglia, Ch. de Laverne. — *Sous-bibliothécaires*, MM. Martial Bretin, Arnal.

Bibliographie.—Rothery. *Notice sur l'ancien Cabinet du roi et sur la bibl. du Louvre*, Bull. du Bibliophile, 1858, p. 1012-1040.

BIBLIOTHÈQUE DU DÉPOT DE LA GUERRE,

Rue de l'Université, 71.

40,000 volumes, dont 10,000 manuscrits. — La

demande à fin d'être admis à travailler doit être adressée au directeur du dépôt.

BIBLIOTHÈQUE DU DÉPOT DES FORTIFICATIONS,

Au Ministère de la guerre.

20,000 volumes : Annales et Histoires militaires et de la fortification : manuscrits sur la fortification, les frontières et les places, etc. — S'adresser par lettre au directeur du dépôt.

BIBLIOTHÈQUE DU DÉPOT DES CARTES ET PLANS DE LA MARINE,

Rue de l'Université, 13.

30,000 volumes. Voyages et ouvrages relatifs à la marine. — S'adresser au bibliothécaire. La bibliothèque est ouverte de 11 heures à 4.

Bibliothécaire, M. Gressier. (*Voy.* plus loin, au chap. ARCHIVES, le § relatif au Dépôt.)

BIBLIOTHÈQUE DE L'INSTITUT,

A l'Institut, quai Conti, 23.

Le premier fonds de cette Bibliothèque provient de l'ancienne collection de la ville, qui contenait 20,000 volumes. Placée dans un local voisin de la bibliothèque Mazarine, elle fut réunie à cette bibliothèque par ordonnance royale du 16 décembre 1819, rapportée en 1821. Plus de 100,000 volumes, parmi lesquels les manuscrits Godefroy, où M. Lud. Lalanne a puisé et indiqué de si précieux documents. — Elle est réservée aux membres de l'Institut, mais toutes les personnes présentées par eux sont admises à travailler. C'est là qu'en arrivant à Paris, en 1838, M. P. J. Proudhon, l'esprit le moins académique du monde, prit goût aux études qui devaient en faire le frondeur qu'on sait. — Ouverte 4 jours par semaine, depuis 11 heures jusqu'à 3, pendant l'hiver, et jusqu'à 4 heures, pendant l'été; elle est fermée durant les vacances de l'Institut.

Bibliothécaire, M. Landresse, ✻, quai Conti, 23.— *Sous-bibliothécaires :* MM. Roulin, ✻, rue Mazarine, 3; Améd. Tardieu, rue de Berlin, 20.

BIBLIOTHÈQUE DU COLLÉGE DE FRANCE,

Place Cambrai.

7,000 volumes.

BIBLIOTHÈQUE DU BUREAU DES LONGITUDES,

A l'Observatoire.

6,000 volumes.

BIBLIOTHÈQUE DES PP. JÉSUITES.

Rue des Postes.

80,000 volumes. Théologie, histoire ecclésiastique, dépôt littéraire très-précieux. On peut être admis à travailler en exposant le but de ses recherches au bibliothécaire.

BIBLIOTHÈQUE DE L'ÉCOLE DES CHARTES,

Rue du Chaume et en face de la rue de Braque.

2,000 volumes. Les grandes collections historiques et autres ouvrages d'érudition pour l'usage des élèves. On peut être admis à travailler avec l'autorisation de M. le directeur.

BIBLIOTHÈQUE DE L'ÉCOLE SUPÉRIEURE DE PHARMACIE,

Rue de l'Arbalète.

Elle est ouverte aux élèves le lundi, le mercredi et le vendredi, de 11 heures à 4.

BIBLIOTHÈQUE DE L'ÉCOLE DES PONTS-ET-CHAUSSÉES,

Rue des Saints-Pères, 28.

8,000 volumes. Elle est ouverte aux élèves ingénieurs, aux élèves externes et aux ingénieurs.

BIBLIOTHÈQUE DE L'ÉCOLE DES MINES,

Rue d'Enfer.

6,000 volumes, ouvrages spéciaux. Réservée aux élèves; néanmoins, les personnes, qui ont des recherches à faire peuvent être admises sur leur demande.

Conservateur, M. de Sénarmont, ✱. — *Conservateur-adjoint*, M. Bayle, ✱.

BIBLIOTHÈQUE DE L'ÉCOLE DES BEAUX-ARTS,

Rue Bonaparte.

2,000 volumes. — Cette bibliothèque s'est enrichie, en 1858, de la collection de livres d'architecture de M. Ch. Destouches, donnée par la veuve de cet artiste. Espérons que dans les bâtiments du quai Malaquais un local sera ménagé à cette bibliothèque que le manque de place rend d'un usage à peu près nul.

Bibliothécaire, A. Jarry de Mancy.

BIBLIOTHÈQUE DE LA SOCIÉTÉ ASIATIQUE DE PARIS,

Au siége de la Société, quai Malaquais, 3.

4,000 volumes. Aux personnes autorisées par le bibliothécaire, la bibliothèque est ouverte de 11 heures à 4.

Bibliothécaire, M. Kazimirski de Biberstein. — *Bibliothécaire-adjoint*, M. Léon de Rosny.

BIBLIOTHÈQUE DU CERCLE DE LA LIBRAIRIE,

Rue Bonaparte, 1.

Bibliothèque de livres nouveaux; elle possède un catalogue imprimé.

BIBLIOTHÈQUE DE L'AGENCE CENTRALE DES ÉCHANGES INTERNATIONAUX (1),

Rue du Clichy, 39.

M. Alexandre Watemare, directeur de l'agence, a réuni dans ses bureaux un exemplaire de tous les produits échangés, et a formé ainsi une exposition permanente, ouverte aux auteurs et éditeurs. Les ouvrages venant de l'étranger doivent être adressés au directeur de l'agence des échanges internationaux au ministère de l'intérieur. Les ouvrages venant de France, à l'agence centrale.

BIBLIOTHÈQUE DE BELLEVILLE,

A la Mairie de cette ancienne commune.

Formée en 1838, sur la proposition du maire, elle s'enrichit tous les ans de bons ouvrages, fournis par la généreuse bienveillance du public. M. Roche, adjoint, lui a légué sa bibliothèque en 1848. N'y sont admis que les souscripteurs volontaires et les particuliers sur leur demande.

(1) Le Dépôt des échanges internationaux, commencé en 1842, a été l'occasion en Amérique de créer, dans les principales villes des Etats-Unis, des bibliothèques dont elles étaient dépourvues. L'agence ne fait d'échanges qu'avec les gouvernements, les villes, les établissements; mais elle accepte les dons d'œuvres littéraires et scientifiques qui lui sont faits par les auteurs et éditeurs, et elle les distribue aux divers établissements avec lesquels elle est en relation.

DIVERSES.

Peuvent encore être considérées comme bibliothèques à demi publiques, celles des paroisses et des conférences religieuses, dépôts littéraires fondés à l'aide de souscriptions et de dons où, moyennant 10 fr. par an, toute personne peut emprunter des livres. Le prêt est gratuit pour les pauvres. Les plus remarquables de ces bibliothèques sont celles des paroisses Saint-Roch, Saint-Sulpice et Saint-Thomas-d'Aquin. (Ces deux dernières ont un catalogue imprimé.)

—

III. — BIBLIOTHÈQUES SPÉCIALES

POUR L'USAGE EXCLUSIF DES ADMINISTRATIONS AUXQUELLES ELLES SONT ATTACHÉES.

—

BIBLIOTHÈQUE DU PALAIS DES TUILERIES.

Bibliothécaire de l'Impératrice, M. Ph. de Saint-Albin.

BIBLIOTHÈQUE DU SÉNAT,

Au Luxembourg.

40,000 volumes, parmi lesquels on remarque une belle collection de documents politiques, une autre de pièces de théâtre représentées durant la Révolution et le recueil du journal de la chambre des lords, envoyé au sénat par la chambre des lords elle-même, et chaque année complété. Cette bibliothèque a été publique de 1848 à 1852.

Bibliothécaire, M. Vieillard, ✱. — *Bibliothécaire-adjoint*, M. Etienne.

BIBLIOTHÈQUE DU CORPS LÉGISLATIF,

Rue de l'Université.

Fondée en 1793 par le comité d'instruction publique de la Convention, cette bibliothèque est régie par le règlement intérieur du Corps législatif, qui en nomme les bibliothécaires.—70,000 volumes, parmi lesquels les manuscrits autographes des principales œuvres de J.-J. Rousseau.

Bibliothécaire, M. Miller. ✻.—*Sous-bibliothécaire*, M. Polmartin. — *Sous-bibliothécaire-adjoint*, M. Pécontal. — *Commis principal*, M. Mavidal.— *Attaché*, M. Laurent.

BIBLIOTHÈQUE DU CONSEIL D'ÉTAT,

Rue de Lille.

35,000 volumes, tirés de l'ancienne bibliothèque des avocats au Parlement de Paris.

Bibliothécaire, M. Fix, rue de l'Est, 15.

BIBLIOTHÈQUE DES ARCHIVES DU CONSEIL D'ÉTAT.

Spéciale au dépôt; 5,000 volumes.

BIBLIOTHÈQUE DE LA COUR DES COMPTES.

6,600 volumes.

BIBLIOTHÈQUES DES MINISTÈRES.

Tous les ministères possèdent une bibliothèque spéciale alimentée par des abonnements. par des souscriptions accidentelles, par des dons volontaires.

BIBLIOTHÈQUE DU MINISTÈRE D'ÉTAT,

Rue de Rivoli.

Bibliothèque administrative pour les besoins du service intérieur.

BIBLIOTHÈQUE DU MINISTÈRE DES AFFAIRES ÉTRANGÈRES,

Rue de l'Université.

20,000 volumes. — Belle collection d'ouvrages de droit public et de journaux étrangers.

BIBLIOTHÈQUE DU MINISTÈRE DE L'INTÉRIEUR,

Rue de Grenelle.

23,000 volumes. — *Bibliothécaire*, M. Niel, ✻. — *Bibliothécaire-adjoint*, M. Ev. Boulay-Paty.

BIBLIOTHÈQUE DU MINISTÈRE DE LA MARINE,

Rue Royale.

Distincte de la Bibliothèque du dépôt dont il a été question ci-dessus. — La marine avait déjà des bibliothèques assez riches à Paris et dans les grands ports; mais ce service était mal fait; il avait besoin d'une organisation régulière qui lui a été donnée en 1836. Le service de la bibliothèque du ministère est régi par l'ordonnance du 25 janvier 1837. Le conservateur est chargé de la surveillance générale de toutes les bibliothèques du département de la marine et des colonies.

Conservateur, M. de Courtière, ✻.

Bibliographie. — *Catalogue des livres composant les bibliothèques du département de la marine et des colonies* (par MM. Bajot, Angliviel, Levot et Solvet). Paris, 1838-1843. 5 vol. in-8.

BIBLIOTHÈQUES DU MINISTÈRE DE L'INSTRUCTION PUBLIQUE ET DES CULTES,

Rue de Grenelle.

I. Bibliothèque du cabinet du ministre.

II. Bibliothèque du ministère. 10,000 volumes.

III. Bibliothèque du dépôt légal et des ouvrages

DE SOUSCRIPTION. Par suite d'une ordonnance royale du 30 juillet 1834, l'un des deux exemplaires de chaque ouvrage nouveau, qui doivent être déposés, est destiné à cette bibliothèque.

IV. BIBLIOTHÈQUE DU CONSEIL SUPÉRIEUR DE L'INSTRUCTION PUBLIQUE.

V. BIBLIOTHÈQUE DU COMITÉ DES TRAVAUX HISTORIQUES ET DES SOCIÉTÉS SAVANTES. Instituée par l'arrêté du 22 février 1858, et composée des anciennes bibliothèques du Comité de la langue et des Sociétés savantes existant au même ministère.

VI. BIBLIOTHÈQUE DE L'ADMINISTRATION DES CULTES, à l'hôtel de la chancellerie, place Vendôme. 3,000 vol.

BIBLIOTHÈQUE DU MINISTÈRE DE LA JUSTICE.

I. BIBLIOTHÈQUE DU MINISTÈRE.

12,000 volumes.

II. BIBLIOTHÈQUE DES ARCHIVES DE LA CHANCELLERIE.

BIBLIOTHÈQUE DU MINISTÈRE DES FINANCES.

5,000 volumes, dont le catalogue a été imprimé en 1856 : *Catalogue des livres composant les bibliothèques du ministère des finances*. Paris, in-4.

Sous-chef de bureau, chargé de la bibliothèque, M. Lorcet.

BIBLIOTHÈQUE DU CONSEIL DES MINES,

Au ministère du Commerce.

14,000 volumes.

BIBLIOTHÈQUE DU MINISTÈRE DE L'ALGÉRIE ET DES COLONIES.

Cette bibliothèque très-importante a appartenu longtemps à la direction des affaires de l'Algérie, au ministère de la guerre; elle est composée exclusivement d'ouvrages relatifs à l'Afrique; on y voit une collection de manuscrits arabes provenant de la bibliothèque du dey d'Alger.

Bibliothécaire, M. Choideki, (Charles-Edmond), ✱.

BIBLIOTHÈQUE DE LA COUR DE CASSATION,

Au Palais-de-Justice, galerie Saint-Louis.

40,000 volumes, tirés en partie de l'ancienne bibliothèque des avocats au Parlement de Paris.

Conservateur, M. Denevers, ✱.

BIBLIOTHÈQUE DE LA COUR IMPÉRIALE.

4 à 5,000 volumes choisis.

Bibliothécaires : MM. Perrot de Chezelles, président; Cazenave et Pinard, conseillers.

BIBLIOTHÈQUE DU TRIBUNAL DE PREMIÈRE INSTANCE,

Au Palais.

25,000 volumes.

BIBLIOTHÈQUE DE L'ORDRE DES AVOCATS,

Au Palais.

10,000 volumes.—Collection remarquable de livres de droit. Le premier fonds provient d'un legs de M. Ferey, avocat, mort en 1810. La bibliothèque s'ouvrit la même année.

Bibliothécaire, M. Marnier.

BIBLIOTHÈQUE DE LA PRÉFECTURE DE POLICE.

12,000 volumes, la plupart ouvrages administratifs. On y remarque 41 volumes manuscrits de documents de police, toutes les pièces relatives à la législation de la police, etc., et la copie la plus complète qui existe des anciens registres du Châtelet.

Bibliothécaire, M. Labat, ✱.

BIBLIOTHÈQUE DES ARCHIVES DE L'EMPIRE,

Aux Archives, rue de Paradis-du-Temple.

Fondée par Daunou le 17 octobre 1808, elle est destinée aux employés et leur est ouverte de 1 heure à 3. Livres d'histoire, de paléographie et de jurisprudence et une série d'un très-grand prix : la *Collection Rondonneau*, apportée en 1848 du ministère de la justice; elle se compose de plus de 4,000 pièces et forme une réunion unique d'actes officiels et d'ouvrages particuliers relatifs à la législation de la France. — 20,000 volumes.

Bibliothécaire, M. Schneider.

BIBLIOTHÈQUE DU COMITÉ DE L'ARTILLERIE,

Place Saint-Thomas-d'Aquin.

12,000 volumes.

Bibliothécaire, M. Terquem, O. ✻.

BIBLIOTHÈQUE DE L'IMPRIMERIE IMPÉRIALE.

9,000 volumes.

BIBLIOTHÈQUE DU MUSÉE DU LOUVRE.

4,000 volumes, réunis à la bibliothèque du Louvre.

BIBLIOTHÈQUE DE LA SOCIÉTÉ DES ANTIQUAIRES DE FRANCE.

Cette collection, d'environ 5,000 volumes, provient de l'échange des mémoires de la société avec d'autres sociétés, des hommages qui lui sont adressés et des dons que lui font divers ministères.

BIBLIOTHÈQUE DE LA SOCIÉTÉ DE GÉOGRAPHIE,

Rue Christine.

5,000 volumes,

Bibliothécaire, M. Noirot, ✻.

BIBLIOTHÈQUE DE L'ACADÉMIE DE MÉDECINE,

Rue des Saints-Pères. 59.

Bibliothécaire, M. Briau.

BIBLIOTHÈQUE DE LA SOCIÉTÉ IMPÉRIALE ET CENTRALE D'AGRICULTURE,

Palais Abbatial, rue de l'Abbaye.

Spéciale aux membres et correspondants de la société, elle leur est ouverte tous les mercredis de 9 heures à 4.

BIBLIOTHÈQUE DE LA SOCIÉTÉ DE CHIRURGIE,

Palais Abbatial, rue de l'Abbaye.

Bibliothécaire, M. Verneuil, quai Saint-Michel, 19.

BIBLIOTHÈQUE DE LA SOCIÉTÉ MÉTÉOROLOGIQUE,

Rue du Vieux-Colombier, 24.

Ouverte aux membres de la société les lundis, mercredis et vendredis, de midi à 4 heures.

Bibliothécaire, M. Maille, rue des Fossés-Saint-Victor, 43.

BIBLIOTHÈQUE DE L'ÉCOLE POLYTECHNIQUE.

35,000 volumes, dont la liste est imprimée : *Catalogue des livres composant la bibliothèque de l'Ecole polytechnique*, 1841, in-fol.

Bibliothécaire, M. Cl.-F. Gauthier, O. ✻.

BIBLIOTHÈQUE DE L'ÉCOLE NORMALE,

A l'Ecole.

25,000 volumes.

Bibliothécaire, M. Besnault.

BIBLIOTHÈQUE DU SÉMINAIRE DE SAINT-SULPICE,

25,000 volumes.

BIBLIOTHÈQUE DU LYCÉE LOUIS-LE-GRAND,

Au Lycée.

32,000 volumes.

BIBLIOTHÈQUE DE L'HOTEL DES INVALIDES.

Donnée le 22 déc. 1800, son premier fonds fut de 20,000 vol.; elle en compte aujourd'hui environ 26,000. Elle est ouverte aux militaires invalides, de 8 h. du matin à 9 h. du soir. — Une simple question : Pourquoi rencontre-t-on sur les quais tant de livres au timbre de cette bibliothèque ?

BIBLIOTHÈQUE DE L'HOSPICE DES QUINZE-VINGTS.

2,500 volumes.

DIVERSES.

S'ajoutent à cette liste les bibliothèques d'administrations, de maisons d'éducation, des établissements hospitaliers, pénitentiaires et autres. Ces collections possèdent peu de monuments curieux.

—

IV. — BIBLIOTHÈQUES PARTICULIÈRES.

COLLECTIONS D'AMATEURS : LIVRES ET AUTOGRAPHES.

Paris n'est pas moins riche en collections d'amateurs. Dans l'impossibilité de les citer toutes, nous avons choisi parmi les plus belles et principalement parmi celles que des spécialités recommandent. L'ordre de ces spécialités, ordre un peu arbitraire, il est vrai, mais qui permet de grouper plusieurs cabinets du même genre et facilite les recherches, est celui que nous avons adopté pour le classement de ces collections. Sans doute, nous sommes loin d'en donner la liste complète : nos omissions involontaires seront réparées une autre année. Faisons encore cette observation qu'à côté du fonds principal dans toutes les bibliothèques que nous allons énumérer se trouvent des livres importants, rares ou curieux à divers titres; nous le savons et n'en pouvons parler : ce serait un détail que ne comporte pas notre cadre.

TYPOGRAPHIE.

M. A.-F. Didot.—Impressions typographiques; incunables; productions d'imprimeurs célèbres; ouvrages relatifs à la typographie. Comme valeur, le cabinet de M. Didot est un des trois plus importants de Paris. Dans sa spécialité c'est le plus riche de France, « C'est le prince des imprimeurs, a dit spirituellement M. Ed. Laboulaye dans un article sur les bibliophiles parisiens, inséré par la *Revue des Deux-Mondes* il y a peu de mois, et auquel nous ferons un ou deux emprunts; c'est un éditeur tout dévoué à la science, le dernier successeur des Estienne; mais aujourd'hui ne lui parlez ni d'Aristote ni de Thucydide : on vend à Londres une collection xylographique, le télégraphe ne lui a pas encore appris s'il a enfin le trésor qu'il convoite depuis tant d'années. Vous connaissez sa riche bibliothèque; il vous a fait admirer le *Décor puellarum* avec la date de 1461, le chef-d'œuvre de Nicolas Jenson; il vous a permis de toucher le Tewrdannck de 1517, la gloire de Nuremberg; à force d'argent et de peines, il a réuni les premiers et rudes essais de l'imprimerie naissante; il vous a montré la Bible des pauvres, le Donat, les lettres d'indulgence de Sixte IV; mais il lui manque le *Planeten Buch* sans date, le premier de tous les almanachs.

Si on lui enlève aux enchères ces six feuilles de papier noirci qui, vers l'an 1460, charmaient les bonnes gens de Mayence, comment voulez-vous qu'il achève sa grande histoire de l'imprimerie ? »

M. Silvestre, ancien libraire. — Histoire de l'imprimerie ; marques typographiques.

M. Alkan aîné. — Collection très-complète sur la typographie

M. Chenu. — Joli choix d'Elzeviers.

M. Ol. Barbier. — Collection d'ouvrages des de Tournes et documents sur cette famille d'imprimeurs lyonnais.

M. J. C. Brunet, auteur du *Manuel du Libraire*. — Nous n'avons pas besoin de citer un beau choix d'ouvrages sur la bibliographie. A côté, des livres rares et dans le meilleur état de conservation en grand nombre ; belles reliures ; c'est un cabinet de premier ordre.

M. Francisque jeune, du Gymnase dramatique. — La plus riche bibliothèque dramatique de Paris.

M. Jacques Bresson. — Art héraldique. Généalogie.

SCIENCES : PHILOLOGIE, MATHÉMATIQUES, ETC.

Le prince Louis Lucien Bonaparte. — Collection unique de livres en patois. Les richesses de ce cabinet sont à Londres.

M. Burgaud des Marets, auteur d'une édition de Rabelais très-estimée. — Livres en patois, 3,000 numéros, reliures de Bauzonnet et de Capé. M. Burgaud a divisé sa bibliothèque en 6 parties : les deux premières comprennent les deux langues encore parlées, le basque et le breton ; 3° la langue d'oil ; 4° tous les dialectes d'oc de France et d'Italie ; 5° les patois des langues du Nord, l'anglais, l'allemand ; 6° argot et langues factices; langues des métiers (France). Nous avons remarqué parmi les raretés le *Kalendrerá, A. B. C. edo christinoen,* etc., calendrier et abécédaire protestant en basque, imprimé à la Rochelle en 1571 pour catéchiser les populations basques, et dont on ne connaît plus qu'un seul exemplaire. Cette collection, formée dans un but scientifique, est très-accessible.

M. Hase. — Philologie grecque.

M. Guessard. — Philologie française.

M. Himly. — Collection du même genre.

M. Marty-Laveaux. — Id.

M. Ed. Duméril.— Id.

M. Daremberg. — Médecine.

M. Michel Chasles, de l'Académie des sciences.— Mathématiques.

M. Vincent, de l'Académie des beaux-arts.—Mathématiques, musique.

M. Ruggieri. — Livres et estampes sur la pyrotechnie, l'artillerie, les fêtes publiques, entrées, cérémonies, etc.

M. Cambier. —La science hermétique, les horoscopes, l'optique, etc.

M. le comte d'Ourches. —Sciences occultes, magie, etc., etc ; curieuse collection.

LITTÉRATURE ANCIENNE ET MODERNE.

M. Coppinger. — Livres gothiques français; éditions du XVe siècle; chroniques; romans de chevalerie.

M. de Sacy, du *Journal des Débats.*—Classiques français et de l'antiquité latine.

M. Cousin. — « Tournez-vous et regardez ce personnage qui marche à grands pas. A ces traits expressifs et mobiles ; à ces yeux tour à tour si fiers et si doux, vous devinez un poëte ; vous ne vous trompez pas de beaucoup ; c'est le plus éloquent de nos philosophes : un grand écrivain ; mais, par dessus tout, c'est un curieux. Rien n'échappe à sa passion, livres, manuscrits, gravures, tableaux. Qui possède, comme lui, le siècle de Louis XIV ? Il y a vécu : il en connaît tous les mystères. Savez-vous ce qui, en ce moment, l'absorbe tout entier ? C'est ce petit volume qu'il tient à la main, la première édition de *Zayde* en grand papier, aux armes de cet abominable duc de La Rochefoucauld. Pour aujourd'hui, adieu la philosophie ; notre sage en oublierait jusqu'à la gloire ! Songez-y, un exemplaire unique, non rogné et en maroquin citron ! » (Ed. Laboulaye.) En réalité, M. Cousin possède un magnifique recueil de portraits et une fort belle collection d'éditions originales des classiques français que leur généreux possesseur destine, après lui, à enrichir la bibliothèque de la Sorbonne.

M. Maxime du Camp. — Littérature ancienne et moderne ; livres précieux, parmi lesquels on remarque le Ronsard de M. Victor Hugo, annoté par toute la littérature contemporaine (*Voy.* la *Correspondance littéraire*, 5 février 1857.)

M. Prosper Mérimée. — Le génie si varié de l'écrivain se reflète dans ses livres : érudition, roman, poésie, histoire, archéologie, théâtre. Tout est là. Les littératures étrangères sont aussi représentées par de précieux monuments.

M. Ph. Le Bas, de l'Institut. — Classiques grecs et latins ; archéologie et histoire.

M. Jules Janin. — Un choix de livres anciens, puis, en beaux exemplaires, tout ce que la littérature moderne a produit de remarquable.

M. Ch. Asselineau. — Editions originales des romantiques, très-bien conservées et ornées de vignettes réunies par un amateur plein de goût.

BEAUX-ARTS.

M. Hardouin. — Même espèce de livres en belles reliures.

M. Destailleur. — Particulièrement l'architecture.

M. Maherault. — De beaux ouvrages à vign., etc.

M. G. Duplessis. — Livres sur les arts, les estampes; choix d'ouvrages fait avec soin.

M. Hulot. — Livres à figures; estampes anciennes.

M. Martin, ancien avocat. — Livres à vignettes du XVIIIe siècle; riches reliures.

HISTOIRE, ARCHÉOLOGIE, TOPOGRAPHIE, VOYAGES.

M. Thiers. — Histoire de France; estampes.

M. de Monmerqué. — Pièces curieuses sur l'histoire de France, restes d'une très-belle bibliothèque.

M. Ternaux-Compans. — Collections de voyages en Asie, Afrique et Amérique, et plus particulièrement dans cette dernière partie du monde.

Le prince Napoléon. — Bibliothèque choisie en tous genres, où l'on remarque les ouvrages imprimés et manuscrits, gravures, lithographies, cartes géographiques que le prince a rapportés de son voyage dans les mers du Nord.

M. Léonard Chodzko. — Choix unique de livres et manuscrits sur la Pologne, de 25 à 30,000 n^os^.

M. de l'Escalopier. — Ouvrages sur la Terre sainte; archéologie chrétienne; liturgie, etc.

M. Scheffer. — Ouvrages sur l'Orient, reliures anciennes.

M. de Saulcy. — Même spécialité de livres.

M. le Cte L. de Laborde, directeur des Archives.— Encore une belle bibliothèque sur l'Orient ; en outre, ouvrages à figures et sur les beaux-arts ; cabinet remarquable.

M. Gailhabaud. — Manuscrits, dessins, livres et gravures relatifs à l'histoire de la civilisation et des arts jusqu'en 1789 ; l'une des plus riches, des plus curieuses et des moins connues de nos collections particulières. Ainsi que la plupart de celles que nous venons de citer, elle gagnera à être étudiée en détail, ce que nous ferons une autre année.

LIVRES SUR PARIS ET LES PROVINCES DE FRANCE.

M. Bonnardot. — Estampes, plans et livres rares concernant Paris.

M. Leclere. — Collection de 10,000 estampes sur Paris ancien et moderne.

M. Dard, avocat. — L'Artois.

M. L. de Bastard. — L'Auxerrois ; l'ancien pays Senonais ; l'histoire de France en général.

M. Guiffrey père, ancien notaire. — Le Dauphiné ; histoire de la noblesse.

M. Grangier de la Marinière. — Le Nivernais ; choix d'anciennes reliures.

M. le comte d'Auffay. — La Normandie ; raretés bien choisies.

M. J. Taschereau, administrateur de la Bibliothèque impériale. — La Touraine ; collection unique de livres et estampes sur ce pays.

M. Ch. Read, président de la Société de l'Histoire du Protestantisme français. — Histoire du protestantisme.

M. H. Lutteroth. — Collection du même genre.

CHASSE.

M. Chevreul. — Ouvrages sur la chasse, la vénerie, la fauconnerie.

M. Anat. Albert. — Même genre d'ouvrages, estampes.

M. de La Motte. — Id.

LIVRES PRÉCIEUX EN TOUS GENRES.

M. F. Solar.—Splendide bibliothèque, la première, sans conteste, des collections particulières de Paris. Ouvrages précieux de toutes sortes : manuscrits, xylographies, premières productions de l'imprimerie, éditions originales des classiques et des plus importants ouvrages de la littérature française. Entre autres curiosités, les œuvres complètes de Restif de la Bretonne, réunies après plusieurs années de recherches. M. Solar pourrait inscrire sur ses belles reliures la devise des Maioli et des Grollier, et mieux encore ; car ses livres sont à tous ceux, amis ou inconnus, qui, en un besoin, témoignent au bienveillant bibliophile, leur propriétaire, le désir de les consulter.

M. de Lurde, ancien ambassadeur. — Parmi les richesses de ce beau cabinet on remarque un bon nombre d'Elzeviers français *non rognés* ; Corneille, Molière, Racine, éditions originales ; le Molière de 1682, en maroquin doublé, exempl. de Longepierre, etc., etc.

M. Jérôme Pichon.

M. de Lignerolles.— Choix remarquable de livres dans des conditions exceptionnelles de conservation et de reliure ; quelques manuscrits importants ; pièces gothiques sur l'histoire de France, etc.

M. de la Bédoyère. — Livres rares non coupés et surtout en papier vélin ; anciennes reliures.

M. H. de Villeneuve. — Un petit nombre de livres

d'une grande valeur; les trois suivants sont pris au hasard : Imitation de J.-C. en français, relié en maroquin doublé, exemplaire de Longepierre; magnifique livre d'heures de Germ. Hardouin, payé 975 fr. à la vente Libri; très-beau Maioli, payé 2,500 fr., même vente, etc., etc.

M. Giraud de Savine. — Peu nombreux aussi, mais excellents. Les livres de cet amateur sont tous des chefs-d'œuvre de reliure.

M. le marquis de Lagrange, sénateur, de l'Académie des Inscriptions. — Romans de chevalerie, ouvrages sur la Terre sainte, belle collection de livres historiques.

M. B. Delessert. — Ancienne littérature.

M. Tufton. — De belles estampes.

M. le baron Roger.

COLLECTIONS DIVERSES, FACÉTIES, ETC.

M. le docteur Payen. — Réunit tout ce qui peut intéresser Montaigne : les diverses éditions, un grand nombre d'autographes, des portraits de l'auteur des *Essais*. Facéties médicales. Ouvrages sur les eaux minérales.

M. le duc d'Otrante. — Bibliographie; livres sur Paris; collection de dictionnaires.

M. Moignon, substitut. — Belle bibliothèque où on remarque un joli choix d'impressions Aldines.

M. Bramet, employé au chemin de fer d'Orléans. — Facéties.

M. M. Ch. Brunet, chef de bureau au ministère de l'intérieur. — Pièces de théâtre, facéties, pamphlets, brochures révolutionnaires, etc.

M. Auvillain, avocat. — Curiosités littéraires, facéties, conteurs, philologie française, etc.; très-curieuse collection.

AUTOGRAPHES.

M. Feuillet de Conches, du ministère des affaires étrangères. — Autographes de tous les hommes célèbres. Plusieurs manuscrits de Lafontaine; la correspondance du régent; le testament de Louis XVI; l'original de l'abdication de Napoléon à Fontainebleau, etc.

M. Rathery, de la Bibliothèque impériale.

M. Amant, du théâtre du Palais-Royal.

M. Honoré Bonhomme, éditeur des œuvres inédites de Piron. — Lettres de d'Aubigné et de sa famille, des lettres de tous les personnages marquants de la révolution, etc.

MM. Ed. et Jules de Goncourt.—Tout le XVIIIe siècle galant.

M. de Chambry, ancienmaire du quatrième arrondissement. — Collection choisie.

M. Boutron-Charlard.— Entre autres autographes de grand prix, trente pièces environ de Lafontaine.

MM. Michel Chasles, Dard, déjà cités, et autres.

Bibliographie. — *Revue anecdotique*, 1859, premier semestre.

II.

ARCHIVES ET DÉPOTS DIVERS.

ARCHIVES DE L'EMPIRE,

Rue de Paradis-du-Temple, 20.

HISTOIRE. — L'idée qui a présidé à la fondation de cet établissement ne date que de la Révolution; mais cette idée ne reçut pas sa réalisation immédiate, et il fallut du temps et les efforts de bien des hommes énergiques pour la mettre à exécution. On peut donner comme origine aux archives centrales de France le chapitre du règlement de l'Assemblée constituante, en date du 29 juillet 1789, qui institue ses archives, et les décrets du 7 septembre 1790 et du 25 juin 1794 qui les organise. Sur les entrefaites avaient déjà été réunis aux archives de l'Assemblée, devenues celles de la Convention, plusieurs dépôts du même genre disséminés dans Paris. (On en comptait 400 avant la Révolution.) Cette loi de 1794 (7 messidor an II) est restée la base de tout le système d'organisation de nos archives. Le 28 mai 1800, un arrêté des consuls détacha du Corps législatif le dépôt des archives et déclara qu'un local distinct lui serait affecté; ce fut cet arrêté qui donna aux archives la forme qu'elles ont gardée. L'hôtel Soubise, acheté en 1808, reçut immédiatement les archives, à l'exception de la partie judiciaire qui demeura à la Sainte-Chapelle jusqu'en 1847. La Restauration dépouilla les archives d'un grand nombre de documents précieux, le duc d'Orléans, le prince de Condé, l'Université, MM. d'Hozier, en enlevèrent des séries considérables; cependant les papiers renfermés dans cet immense dépôt, c'est-à-dire cartons, liasses, portefeuilles, au nombre de près de 250,000, occupent encore autant de place que les livres de la Bibliothèque impériale, c'est-à-dire environ sept lieues de longueur, en supposant qu'ils prolongent leur dévelopement en une même ligne. — Les archives s'accroissent par les versements et les dons. Les achats sont extrêmement rares, les dons ne sont pas fréquents; on cite ceux de MM. Villiers du Terrage et Joly de Fleury; la collection de manuscrits réunis par ce dernier s'élève à 680 volumes in-fol.

L'établissement est aujourd'hui régi par les décrets

organiques des 22 décembre 1855, 22 mars et 1er août 1856 et par un règlement arrêté par M. le ministre d'Etat le 12 novembre 1856. Sont déposés aux Archives tous les documents d'intérêt public dont la conservation est jugée utile et qui ne sont plus nécessaires au service des départements ministériels ou administrations qui en dépendent. La garde en est confiée à un directeur général. Le directeur actuel, M. L. de Laborde, nommé depuis 1856, est le cinquième garde des archives; il a eu pour prédécesseurs, en remontant: M. de Chabrier, aujourd'hui conseiller-maître à la Cour des comptes, Letronne, Daunou, déjà garde sous l'Empire, de la Rue (Restauration), et Camus. On fait l'éloge de son administration. C'est le premier directeur qui se soit fait connaître avant son entrée en fonctions par des travaux d'érudition puisés dans les archives.—Le service se subdivise en 4 sections : du secrétariat, historique, administrative, législative et judiciaire, auxquelles on a réuni, en 1859, le bureau institué pour la publication de la correspondance de Napoléon Ier.— Le personnel se compose de 4 chefs de sections, de 4 sous-chefs, d'archivistes et de surnuméraires auxiliaires en nombre proportionné aux besoins du service; d'un agent comptable et d'un commis d'ordre, nommés par le ministre d'Etat sur la présentation du directeur général.

L'ÉDIFICE. — Le palais occupé par les archives est limité par les rues de Paradis, du Chaume et des Quatre-Fils. Il a deux entrées, la principale est rue de Paradis et offre à la vue une vaste cour d'honneur, entourée d'un péristyle monumental. Un bâtiment grandiose, couronné d'un attique avec fronton décoré de statues, s'élève en face. La porte de la rue du Chaume est gothique et est ornée des armoiries de la maison de Guise et de la devise du chevalier de Clisson. Cette partie du palais des Archives est un reste de l'ancien hôtel occupé par Clisson à la fin du XIVe siècle. En 1407, il passa au comte de Penthièvre. Les Anglais le confisquèrent en 1423; il devint ensuite la proprité des Babou de la Bourdaisière, puis celle des Guise dans la famille desquels il resta jusqu'en 1696. C'est une tradition que Saint-Mégrin, amant de la duchesse de Guise, fut précipité dans la rue par son mari d'une fenêtre à balcon, située au second étage, vis-à-vis la *fontaine des Haudriettes*, dans un corps-de-logis qui a été démoli en 1859. L'hôtel de Guise, acheté par François de Rohan, prince de Soubise, vit s'élever dans ses jardins ce palais Soubise, dont Le Maire, architecte de madame de Pompadour, fit une merveille, grâce aux artistes qui le secondèrent: Restout, Boucher, Vanloo, Tremollière, Natoire (1720-1740). Le 6 juin 1808, l'hôtel Soubise et son voisin le Palais-Cardinal furent achetés par un décret 690,000 fr., et devinrent l'un les Archives et l'autre l'Imprimerie impériale. On installa immédiatement dans le premier édifice les innombrables documents que la Révolution avait réunis en un seul corps et ceux que la conquête avait arrachés à Rome, à l'Allemagne, à la Hollande. Sous le règne de Louis-Philippe, on construisit rue des Quatre-Fils un nouveau corps de bâtiment, où furent installées, en 1847, les archives judiciaires, et l'on fit l'acquisition de l'hôtel d'Assy, où se trouvent les appartements du directeur. Dans ces derniers temps enfin, M. de Laborde a fait exécuter d'intelligentes restaurations. L'établissement compte 240 salles, dont un peu plus de la moitié sont occupées par les documents; ce sont les plus belles, entre autres la salle des gardes du duc de Guise (salle du Trésor des chartes), longue de 24 mètres, large de 10. L'une des nouvelles salles n'a pas moins de 33 mètres de longueur.

COLLECTION SIGILLOGRAPHIQUE. — Commencé vers 1833 et continué depuis cette époque avec persévérance, ce musée se compose d'environ 14 à 15,000 types moulés sur les originaux conservés aux archives de l'Empire. Ils sont classés dans un bon système indiqué par M. de Wailly et forment trois séries : les sceaux laïques, ecclésiastiques et étrangers. Mentionnons MM. Douet d'Arcq, très-laborieux érudit, et Lallemand, employé plein de zèle, comme ayant beaucoup fait pour cette importante collection.

ARMOIRE DE FER ET CURIOSITÉS. — On désigne sous le nom d'armoire de fer un meuble établi par les ordres de l'Assemblée constituante pour renfermer ses archives, où sont réunis de nos jours quelques échantillons des pièces les plus curieuses conservées dans les dépôts du palais Soubise ; ce sont environ 4,000 articles, parmi lesquels on remarque des Traités de paix, des diplômes et des autographes précieux, des sceaux, des bulles d'or, des médailles, les clefs de la Bastille, les clefs de Namur remises à Louis XIV, les *livres rouges* de Versailles, le journal de Louis XVI, douze cents pièces du procès de ce roi, son testament et celui de Marie-Antoinette, la matrice de la médaille du serment du Jeu de Paume, les étalons du mètre et du kilogramme, etc. On conserve en outre dans l'établissement un petit nombre de manuscrits curieux à divers titres : quelques tableaux arrachés à l'ancienne décoration de l'hôtel; des meubles historiques; une armoire, des fauteuils académiques, une pendule provenant de l'ancienne Académie française, les brancards qui ont servi à porter le pape au sacre de Napoléon, etc., etc. En 1850, le directeur des archives rendit comme inutiles à la direction des domaines plus de 500 objets de ce genre, au nombre desquels se trouvait un petit parc d'artillerie, présent de Louis XIV au grand Condé, le modèle du vaisseau *l'Illustre*, sur lequel Louis XVI démontra à son fils les principes de l'art nautique, etc., objets dont la trace est perdue.

Observations. — *Demandes de renseignements, de communications, d'expéditions.* — Elles doivent être faites d'une façon très-précise ou par lettres adressées au directeur général, ou directement au secrétariat des archives, de 10 heures du matin à 3 heures. Les expéditions, les recherches qu'elles ont occasionnées et les épreuves de sceaux (soufre et plâtre) sont soumises à des droits fixés par un décret imp. du 22 mars 1856. Sont exemptées de tous frais les recherches réclamées par les corps constitués et celles que les particuliers demandent dans un intérêt scientifique ou littéraire dûment spécifié. Le prêt au dehors est rigoureusement interdit; il n'a lieu, pour certains documents, que sur la demande écrite du ministre qui les a déposés aux archives ou du ministre d'Etat. La communication des documents se fait à la salle du public. — *Salle du public.* Elle est ouverte tous les jours non fériés de 10 heures à 3; on ne communique plus rien après 2 heures et 1|2. Il faut pour y travailler en avoir obtenu l'autorisation préalable. — *Inventaire.* Nous indiquons ci-dessous les principaux états et inventaires que possèdent les différentes sections. En aucun cas, ils ne sauraient être communiqués. — *Bibliothèque.* On a vu ci-dessus que les archives possèdent une belle bibliothèque; elle n'est pas accessible au public. — *Visite des archives.* Les dépôts des Archives ne sont publics que pour les membres des grands corps de l'Etat qui sont admis à les parcourir tous les jours non fériés, de midi à 3 heures; mais le directeur général peut accorder l'autorisation de les visiter le jeudi. — Cet état de choses changera prochainement, lorsqu'après la remise à neuf des magnifiques salons de l'ancien hôtel Soubise, on aura pu y placer les principales curiosités des Archives; alors Paris comptera un musée de plus, public comme les autres. — *Nota*. Quelques-unes des séries de documents des archives sont incomplètes; ainsi plusieurs des anciens registres du Châtelet, plusieurs diplômes royaux des deux premières races, les précieux cartulaires de Philippe-Auguste ont été réunis accidentellement à la Bibliothèque impériale; ainsi une partie des archives de l'ancienne Université est conservée au ministère de l'instruction publique, etc., etc.

ADMINISTRATION. — *Directeur général*, M. le Cte L. de Laborde, O. ✻. — *Agent comptable*, M. Chauvin. — *Commis d'ordre*, M. Varin.

Bibliographie. — Les Archives ont été l'objet d'une excellente publication dont l'auteur est un ancien archiviste, M. Henri Bordier. Cet ouvrage, indispensable aux érudits, est intitulé : *Les Archives de la France*. Paris, Dumoulin, 1855. In-8. — M. Dessales a aussi publié, dans *Paris pittoresque* (1836), une notice sur les Archives.

I. — SECTION DU SECRÉTARIAT.

ATTRIBUTIONS. — Conservation des documents provenant de l'ancienne secrétairerie d'Etat et du cabinet de l'empereur Napoléon Ier, de ceux contenus dans l'armoire de fer, et des versements du ministère d'Etat. — Classement et conservation des documents concernant l'organisation et le service des Archives, de la minute des ouvrages publiés par l'administration des Archives, des inventaires des documents contenus dans les divers dépôts d'archives appartenant à l'Etat, aux départements et aux communes. — Enregistrement, classement et conservation des dépêches; expédition et transmission des réponses; réception et enregistrement des demandes de renseignements; scellement et délivrance des expéditions; service de la salle du public, de la bibliothèque, de la comptabilité, du matériel ; travail journalier avec le directeur général.

PERSONNEL. — *Chef*, M. Goschler. — *Sous chef*, N. En fait les fonctions provisoirement, M. Dupont.

II. — SECTION HISTORIQUE.

ATTRIBUTIONS. — Trésor des chartes et son supplément. — Monuments écrits remontant au VIIe siècle. Parmi les pièces remarquables, on cite cinquante-cinq chartes des rois mérovingiens. La plus ancienne est une donation faite à l'église de Paris par Childebert Ier en 528. — Monuments plus spécialement ecclésiastiques (cartulaires, bulles ; églises de Paris et autres ; fabriques, paroisses, établissements monastiques). — Mélanges (ordres militaires, anciens établissements d'instruction publique, titres généalogiques, etc.). — Collection de moules et d'empreintes de sceaux, du Ve siècle à nos jours.

OBSERVATIONS. — Cette section possède de beaux inventaires partiels. Son inventaire général est très-sommaire ; rédigé vers 1835, il est connu sous le nom de *Livre vert*.

PERSONNEL. — *Chef*, M. de Beauchesne, ✱. — *Sous-chef*, N. En fait les fonctions, M. Douet d'Arcq.

Bibliographie. — Dessalles, *Le Trésor des chartes depuis l'origine jusqu'en* 1522 ; notice imprimée dans le tome Ier des *Mémoires présentés à l'Académie des inscriptions par divers savants*. 1844. In-4. — Teulet, *Notice sur les layettes du Trésor des chartes*, impr. dans la *Bibliothèque de l'École des chartes*, IV, 355. — Bordier, *Du Recueil des chartes mérovingiennes*. Paris, Dumoulin, 1850. — *Mémoires de l'Académie des inscriptions*, 1re part., XX, 267, et 2e part., XVIII. (Tablettes de cire.)

III. — SECTION ADMINISTRATIVE.

ATTRIBUTIONS. — Documents plus spécialement relatifs à l'administration domaniale, financière et contentieuse de l'ancienne France, tels que les ordonnances, les lettres patentes, les bons et les brevets du roi ; les actes émanés du conseil d'État, du conseil de Lorraine, des états provinciaux, de la chambre des comptes de France, du bureau de la ville de Paris ; les archives de la Couronne ; les papiers relatifs aux domaines des princes et aux apanages, aux séquestres et confiscations ; les versements des ministres de l'intérieur, de la guerre, de l'instruction publique et des cultes, de l'agriculture, du commerce et des travaux publics.

OBSERVATIONS. — On a réuni à cette section la section domaniale, séparée jadis ; celle-ci possède un inventaire général en 3 vol. in-fol., plus, pour la série des comptes, un inventaire dû à M, Douet d'Arcq, et pour celle des plans et atlas, d'excellents répertoires rédigés sur des bulletins détachés. Cette collection de plans contient 21,000 articles, dont 5,000 sont des dessins de prix. La section administrative proprement dite n'a point d'inventaire et ne saurait en avoir à cause du grand nombre de documents ; mais ils ont été classés avec une excellente méthode. Le chef de cette section, ancien élève de l'école de Chartes, professeur à la même école, est auteur de travaux historiques très-estimés. Son *Histoire de Chypre* a été couronnée par l'Académie des inscriptions.

PERSONNEL. — *Chef*, M. de Mas-Latrie, ✱. — *Sous-chef*, N. En fait les fonctions, M. Gorré.

Bibliographie. — *Noms féodaux ou noms de ceux qui ont tenu fiefs en France du XIIe au XVIIIe siècle, extraits des Archives du royaume*, par M. de Bétancourt, 1re partie. Paris, 1826. 2 vol. in-8.

IV. — SECTION LÉGISLATIVE ET JUDICIAIRE.

ATTRIBUTIONS. — Expéditions et copies authentiques des lois et décrets rendus depuis l'Assemblée constituante de 1789 jusqu'en l'an IX ; minutes et copies authentiques des procès-verbaux de l'assemblée des notables et des états généraux de 1789 ; minutes des procès-verbaux, etc., des assemblées nationales. — Grande chancellerie; secrétaires du roi, prévôté et requêtes de l'hôtel, grand conseil, conseil privé, commissions extraordinaires; Parlements et Conseils supérieurs; Châtelet de Paris; Cour des aides; Cour des monnaies; eaux et forêts; amirauté; connétablie; bureaux des finances; bureau de la ville de Paris; grenier à sel; chambre des bâtiments, des décimes; officialité; justices seigneuriales, etc.; tribunaux extraordinaires. — Versements du ministère de la justice.

Observations. — Cette section en formait deux avant la dernière organisation. La partie législative n'a point d'inventaire général, mais des répertoires partiels. On travaille à un répertoire général des procès-verbaux des assemblées nationales. La partie judiciaire n'a d'autre inventaire général qu'un état sommaire formant un volume in-fol., et appelé *Livre rouge* de la section judiciaire.

Personnel. — *Chef*, M. Grün, ✻. — *Chef-adjoint*, M. Cauchois-Lemaire, ✻. — *Sous-chef*, N. En fait les fonctions, M. Duclos.

ARCHIVES DU CORPS LÉGISLATIF,

Au Palais-Bourbon, rue de l'Université,

Archiviste, M. Doulcet, — *Commis principal*, M. Dufaur de Saubiac.

ARCHIVES DU CONSEIL D'ÉTAT,

Au conseil d'État, rue de Lille.

Elles remontent au 4 nivôse an VIII, et renferment une bibliothèque spéciale dont nous avons parlé ci-dessus.

Archiviste, M. Regnault, avenue des Champs-Elysées, 117. — *Sous archiviste*, M. Tressigniez, rue du Faubourg-Poissonnière, 124. — *Archiviste honoraire*, M. Pierson, rue des Tournelles (Vaugirard).

ARCHIVES DES MINISTÈRES.

Chaque ministère est chargé de la réunion et de la conservation des archives qui l'intéressent. Cependant certains ministères n'en possèdent pas de complètes pour quelques-unes de leurs divisions (voy. *Archives de l'empire*). Les ministères qui ne font pas de versements aux archives de l'empire sont ceux de la guerre, des finances, de la marine et des affaires étrangères.

MINISTÈRE DES AFFAIRES ÉTRANGÈRES,

Rue de l'Université, 130.

Archives. Histoire. — Richelieu est le véritable fondateur de cet important dépôt (1628), dont le service fut notablement amélioré sous les ministères de Lyonne (1663), de Pomponne (1671), de Colbert. On y trouve les mémoires et l'histoire de Richelieu en partie annotés de sa main, et de précieux volumes provenant du président de Mesmes (229 vol.), de d'Avaux, de Colbert (462 vol.), de Bassompierre, du fameux duc de Saint-Simon (277 vol.), parmi lesquels on trouve le manuscrit de ses *Mémoires*; enfin, une collection de traités, de correspondances et de documents d'un grand intérêt. Les volumes et cartons qui contiennent tous ces documents originaux s'élèvent au nombre de 26,000.

Observations. — Sous aucun prétexte le public ne saurait pénétrer dans ces archives; il faut, pour y travailler, une permission spéciale du ministre, qui ne l'accorde que difficilement et rarement. Les étrangers l'obtiennent en quelque sorte plus aisément par le moyen de leur ambassadeur. Le dépôt possède de bons répertoires dont les auteurs, employés du ministère, sont nommés rédacteurs des tables analytiques. — Malgré la vigilance avec laquelle sont conservées les richesses de cette collection, il y a peu de dépôts du même genre où les larcins aient été plus multipliés.

ATTRIBUTIONS. — Conservation, classement et relevé par tables analytiques de toutes les correspondances du ministère; collection des traités et documents diplomatiques de tout genre; dépôt des ordonnances et décisions ministérielles relatives aux agents de département; recherches de tous les documents et renseignements demandés, soit pour le service particulier des directions, soit dans des intérêts publics ou privés, etc., etc.

DÉPÔT DE GÉOGRAPHIE. — Fondé par de Vergennes, il renferme environ 13,000 cartes manuscrites ou imprimées pour l'usage spécial du ministère; 9,000 de ces cartes proviennent du cabinet de d'Anville (1782).

ADMINISTRATION. — *Directeur*, M. Cintrat, C. ✻. — *Sous-directeur*, M. Dumont, O. ✻.

Bibliographie. — H. Bordier, *les Archives de la France*, p. 307.

DÉPOTS DU MINISTÈRE DE LA GUERRE.

I. — DÉPÔT GÉNÉRAL DE LA GUERRE,

Rue Saint-Dominique-Saint-Germain, 86.

HISTOIRE. — En 1688, Louvois conçut le projet de réunir les archives de la secrétairerie d'Etat dont il avait le portefeuille; son but était d'offrir les ressources de l'expérience aux armées en campagne, et de conserver leurs titres de gloire. Après sa mort, cette entreprise, dont sans doute il n'avait pas fait sentir tout le prix, fut négligée quelque temps. Vers la fin du règne de Louis XIV le Dépôt de la guerre se trouvait aux Invalides, dirigé par un M. de la Faye, qui se tirait du classement tant bien que mal. On dut en remettre la direction au maréchal de Maillebois, et, dès lors, l'avenir de cette précieuse collection fut assuré. Pendant les guerres de la République et de l'Empire le Dépôt rendit les plus grands services : il possédait des travaux militaires et topographiques de la plus grande importance ; pour donner une idée de son zèle, il suffira de rappeler que de 1792 à 1802 il fournit aux armées plus de 8,000 pièces, cartes, plans gravés, mémoires, etc. Actuellement cet établissement possède en livres, appareils, rapports et autres documents, tous les instruments et renseignements utiles pour la direction des armées. Ses richesses s'accroissent continuellement par des achats, par la remise de tous les papiers des officiers généraux dès que l'usage ne leur en est plus utile.

Observations. — Le Dépôt se divise en deux sections sous la direction d'un officier général. Deux jours par semaine il est ouvert aux personnes désireuses d'éclaircir un fait quelconque de notre histoire militaire et qui, sur leur demande adressée au directeur, ont été admises à travailler.

Administration. — *Directeur provisoire*, M. Levret (A.-L.), O. ✻.

Bibliographie. — *Mémorial du Dépôt général de la guerre*. In-4. — H. Bordier, *les Archives de la France*, p. 288.

1re Section. Attributions. — *Géodésie, topographie, dessin et gravure*. Magasin de cartes et livres des fonds du dépôt ; achat des livres, cartes, documents historiques, etc., pour la bibliothèque ou les archives du Dépôt.

Personnel. — *Chef provisoire*, M. Lapie (A.-E), ✻.

2e Section. Attributions. — *Archives historiques et statistique militaire, Bibliothèque, cartes et plans.* — *Archives historiques :* Elles se divisent en : 1° *Archives anciennes*, composées de 4,000 vol. manuscrits in-fol., plus de 225 cartons de papiers non reliés, le tout rangé par ordre chronologique avec plusieurs bons répertoires ; 2° *Archives modernes*. Les archives précédentes vont des temps les plus anciens jusqu'en 1791; celles-ci contiennent toutes pièces de 1791 jusqu'à nos jours, renfermées dans 2,000 cartons et autant de registres; la correspondance militaire de Napoléon n'embrasse pas moins de 150 volumes; 3° *Mémoires historiques et de statistique*, relations de campagnes et de batailles rédigées sur les pièces officielles, mémoires descriptifs de la France et de toutes les puissances de l'Europe au point de vue des forces militaires, environ 500 cartes et 200 volumes. — *Bibliothèque* : *voy.* ci-dessus, p. 45. — *Cartes et plans* : collection destinée à faire suivre sur le terrain même les opérations militaires, 160,000 feuilles manuscrites ou gravées.

Personnel. — *Chef provisoire*, M. de Coynart (C.-R.), O. ✱.

II. — Bureau des lois et archives.

Ce bureau est pour ainsi dire consacré à la garde des registres de l'état civil de l'armée française, puisqu'on y conserve les dossiers de tous ceux qui, depuis Louis XIV, ont combattu sous le drapeau de la France. On y a joint les pièces intéressant l'administration des armées; en somme, plus de 4,500 registres, cartons, liasses.

Personnel. — *Chef*, M. Pitlaud-Deforges, ✱.

III. — Dépôt des fortifications.

C'est l'ancien dépôt des archives des fortifications réorganisé par décret du 10 juillet 1791, auquel on a réuni le dépôt des plans en relief des places fortes et celui des modèles de machines militaires. Il renferme en mémoires, cartes, plans, une collection générale et complète sur les connaissances relatives à l'art du génie militaire. — Une bibliothèque (voy. ci-dessus, p. 46) est jointe au Dépôt.

PERSONNEL.—Vingt-quatre employés civils.

Bibliographie. — H. Morlaincourt, *Notice sur les dépôts des fortifications.* An XI, 30 pages in-fol.

MINISTÈRE DE LA MARINE.

DÉPÔT GÉNÉRAL DES CARTES ET PLANS DE LA MARINE,

Rue de l'Université, 13.

HISTOIRE. — Fondé par Colbert et régularisé par ordonnance royale du 19 novembre 1720, ce dépôt, confondu en 1792 avec le dépôt de la guerre, puis séparé de ce dépôt en 1795, a été réorganisé par décret du 29 novembre 1854. Il renferme les dessins originaux de toutes les cartes et plans nautiques depuis le XVIe siècle jusqu'à nos jours, les journaux manuscrits de toutes les expéditions, des mémoires, les cartons des dessinateurs attachés aux grandes expéditions, un dépôt où sont emmagasinés tous les ouvrages publiés pour le compte de la marine; un atelier de gravure; une imprimerie, un atelier de collage et une bibliothèque. (Voyez ci-dessus p. 46.) Il se divise en deux sections: *Hydrographie* et *Conservation*.

ADMINISTRATION. — *Directeur général*, M. Mathieu, C. ✻, contre-amiral.

HYDROGRAPHIE. ATTRIBUTIONS. — La levée, la construction et la gravure des cartes marines; la publication des instructions nautiques et des ouvrages relatifs à la navigation; la réception et la conservation des chronomètres et autres instruments exécutés pour le service de la marine.

PERSONNEL.—*Chef*, M. Bégat, C. ✻.

CONSERVATION. ATTRIBUTIONS.—La conservation des archives nautiques françaises et étrangères; la conservation des chronomètres et autres instruments de précision; le secrétariat, la comptabilité et la correspondance générale; l'impression des cartes pour le service de la marine de l'Etat et de la marine du commerce; la réception et la distribution des ouvrages publiés sous les auspices du ministre de la marine et des colonies; le service de la bibliothèque.

Observations. — Tous les jours non fériés, de 11 heures à 4, les archives sont ouvertes aux personnes qui, après demande adressée au conservateur, ont obtenu l'autorisation de travailler.

Personnel. — *Conservateur des archives et de la bibliothèque*, M. Gressier, C. ✻. — *Agent d'administration*, M. Septans, ✻.—*Garde-magasin comptable*, M. Chevallier.

II. Archives du ministère.

Histoire. — Cet important dépôt qui, ainsi que celui de la guerre, a obtenu de ne pas faire de versements aux Archives de l'Empire, forme six divisions : 1° les papiers de l'ancienne administration de la marine depuis Colbert jusqu'à la Révolution; 2° des documents de la marine de 1789 à nos jours; 3° d'une collection de lois relatives à la marine; 4° des dossiers du personnel de la marine depuis Colbert. En tout, 40,000 registres ou cartons.

Observations. — L'organisation complète des archives de la marine ne date que de 1852. En s'adressant au ministre, on obtient assez facilement l'autorisation d'y faire des recherches; mais elle seront toujours pénibles tant que les inventaires ne seront pas achevés, et il ne paraît pas que ce doive être dans un délai prochain.

Administration.—*Administrateur*, M. Blanchard.—*Conservateur chargé de la garde et du classement des titres et documents*, M. Jal, O. ✻, historiographe de la marine.

ARCHIVES DU MINISTÈRE DE L'INTÉRIEUR.

Elles sont peu importantes.—Archives de l'ancien ministère de la police : 800 cartons.

ARCHIVES DU MINISTÈRE DES FINANCES.

Attributions. — Dépôt et classement des lois, décrets et décisions; garde des archives du ministère et de l'ancienne liquidation générale de la dette publique; conservation des bibliothèques du ministre ; achat et distribution des livres, cartes et plans destinés au service des bureaux et à la bibliothèque centrale; inventaires et recolements des bibliothèques; rédaction des catalogues y relatifs. (Pour la bibliothèque, voir ci-dessus, p. 53.)

Personnel. — *Chef du service*, M. Le Clerq, ✻. — *Sous-chef*, M. Lorcet.

ARCHIVES DU MINISTÈRE DE LA JUSTICE,

Place Vendôme.

Elles sont dites *Archives de la Chancellerie de France* et renferment les registres de l'ancienne chancellerie de 1765 à 1792; les originaux des lois de l'Etat depuis 1789 et un grand nombre d'ordonnances émanées du gouvernement; les ampliations de décrets et ordonnances insérés dans le *Bulletin des Lois*, des avis du conseil d'Etat, etc., le registre constatant la promulgation des lois; une bibliothèque citée ci-dessus, p. 53. Des versements aux Archives de l'Empire ont eu lieu en 1827, 1834, 1848 (Archives de l'ancienne secrétairerie d'Etat.).

ARCHIVES DES CULTES,

A la direction des cultes, place Vendôme.

Elles remontent à l'an IX, c'est-à-dire aux premières négociations relatives à la réorganisation du culte en

France. On y trouve les papiers du cardinal-légat Caprara, riches en documents curieux.

DÉPOT DES CARTES, PLANS ET ARCHIVES DES PONTS-ET-CHAUSSÉES,

Rue des Saints-Pères, 28.

Ce dépôt figure dans le décret du 15 octobre 1851 au nombre des services divers. Il existe en vertu du décret du 25 août 1804 et contient les cartes et plans de tous les travaux exécutés sous la surveillance du ministre ; très-précieuses archives industrielles. Le directeur est un ingénieur en chef; il a sous ses ordres un chef de bureau, 5 dessinateurs et des expéditionnaires.

Directeur, M. Vignon, ✻. — *Chef de bureau*, M. Grangez, ✻.

ARCHIVES DU MINISTÈRE DE L'ALGÉRIE ET DES COLONIES,

Place et hôtel Beauveau.

Fraction des anciennes archives du ministère de la marine et des colonies, qui se compose: 1° des papiers de l'administration des colonies, correspondance des ministres, des officiers civils et militaires préposés au gouvernement des colonies depuis Colbert, avec quelques pièces antérieures à ce ministre ; ces papiers sont divisés par localités et classés chronologiquement ; 2° des duplicata d'actes et de jugements qui ont eu lieu aux colonies, duplicata constituant le dépôt des papiers publics établi en France par un édit de 1776, en vue d'assurer les titres qui intéressent le repos et la sûreté des familles ; 3° des dossiers du personnel colonial.

Conservateur, M. Margry.

ARCHIVES DE LA PRÉFECTURE DE LA SEINE,

A l'Hôtel-de-Ville.

Les anciennes archives de la ville, qui renfermaient, notamment, les registres des délibérations de l'échevinage ou autres affaires de Paris du XIIe siècle à 1789, ont été se fondre, en 1809, dans le dépôt général des archives de l'empire. Les archives actuelles renferment les pièces modernes intéressantes pour la partie révolutionnaire et les registres de l'état civil de Paris, pour les époques antérieures au 1er messidor an III (XVIe siècle au 19 juin 1795). Ces registres ont fourni, comme on sait, de précieux éléments de travail aux patientes recherches de MM. Ravenel et Taillandier.

Archiviste, M. Robert du Costal.

ARCHIVES DE LA PRÉFECTURE DE POLICE,

A la préfecture, rue de Harlai.

On comprend sous ce nom : 1° les dossiers des affaires non terminées; 2° ceux des affaires terminées, administration des lieutenants de police (1667-1789); police révolutionnaire (1789-1800); période moderne : collection de livres d'écrou des prisons du département; ceux de la Conciergerie remontent à 1564; 3° la bibliothèque. (Voy., ci-dessus, p. 54.)

Archiviste, M. Labat.

ARCHIVES DE L'UNIVERSITÉ DE PARIS,

Au ministère de l'instruction publique, rue de Grenelle-Saint-Germain.

HISTOIRE. — Les archives de l'ancienne université de Paris, conservées aux archives centrales depuis la Révolution, furent, par une décision ministérielle de 1819, remises à la commission d'instruction publique, puis réunies au ministère du même nom. Elles ont été classées par MM. Collin, Vallet de Viriville et Taranne, et pourvues d'un bon inventaire. — Pour l'autorisation de consulter, s'adresser au ministre.

Bibliographie. — Taranne, *Bulletin des comités historiques*, 1850, p. 104. — Vallet de Viriville, *Histoire de l'instruction publique*. 1849-1852. In-4.

ARCHIVES DE LA FACULTÉ DE DROIT,

Place du Panthéon.

Les archives anciennes de l'Ecole de droit se trouvaient réunies aux archives de la préfecture, lorsque, en 1805, le doyen de la faculté en réclama la restitution; elles se composent de 121 registres conservés au secrétariat de la faculté.

DÉPOT DU CONSERVATOIRE DES ARTS ET MÉTIERS,

Au Conservatoire, rue Saint-Martin, 292.

C'est une collection publique, tous les jours, de 10 heures à 3, excepté le lundi, et qui, sous le nom de *Portefeuille industriel*, se compose de dessins de machines et de la série complète des originaux des brevets d'invention et de perfectionnement.

ARCHIVES DE L'ASSISTANCE PUBLIQUE,

Quai Pelletier.

Les établissements hospitaliers conservaient avec soin leurs archives; celles-ci furent successivement réunies en un seul dépôt à partir de la suppression des anciennes administrations, le 11 avril 1791; 28 archives de ce genre sont ainsi conservées aujourd'hui dans l'hôtel de l'assistance publique et forment un nombre de pièces importantes, d'abord pour la vaste administration dont elles sont les titres de propriété, puis remplies de matériaux précieux pour l'histoire de Paris et de sa banlieue, celle des métiers, etc. Le classement en a été commencé en février 1823.

A cette époque, un premier triage a eu lieu et un état général, mais sommaire de tous les papiers, a été dressé; cet état forme deux inventaires : l'un est une table des matières par ordre alphabétique; l'autre, la table générale des bienfaiteurs à laquelle 24 établissements hospitaliers ont fourni des documents. Ce travail comprend les libéralités faites antérieurement au 11 avril 1791. Les premiers bienfaiteurs sont du XIIe siècle, on en compte 5 dans ce siècle : le premier, nommé Adam, lègue, en 1107, à l'Hôtel-Dieu, une maison située devant Saint-Denis de la Chartre; au XIIIe siècle, il y en eut 100, et depuis cette époque leur nombre alla en augmentant chaque siècle; leurs noms, avec peu de détails, remplissent un énorme volume in-folio. Plusieurs de ces bienfaiteurs ont légué aux pauvres leurs papiers, parmi lesquels existent des pièces de la dernière importance. Dans ceux de Montyon on a retrouvé une suite d'autographes très-intéressants des grands personnages des XVIIe et XVIIIe siècles.— Personne ne pénètre dans le dépôt; cependant M. Passy, érudit et critique apprécié, muni d'une lettre de M. le ministre de l'intérieur, a pu cette année se faire ouvrir ces portes si bien closes et a entrepris, dans la partie ancienne des archives, des recherches du résultat desquelles on peut augurer bien.

ARCHIVES DE LA COMÉDIE FRANÇAISE,

Rue Richelieu.

Très-intéressantes pour l'histoire du théâtre en France.

Archiviste, M. Léon Guillard.

ARCHIVES DIVERSES.

Chaque administration publique ou particulière a un dépôt d'archives, et presque toutes ces archives ont de l'intérêt; nous avons mentionné quelques-unes des plus importantes. Ensuite viendraient celles de la Cour des Comptes, de l'Institut, du Collége de France, de la Bibliothèque impériale, du Louvre, du Muséum d'histoire naturelle, de la Commission des monuments historiques, des Invalides, des lycées, des théâtres, etc.

MUSÉE TYPOGRAPHIQUE,

A l'imprimerie impériale.

Créé en 1850 et destiné à renfermer la reproduction des procédés de l'imprimerie aux diverses époques depuis son origine. — Pour le visiter, ainsi que l'imprimerie, adresser une demande au directeur de l'établissement.

MUSÉE DE RELIURE,

Collection Motteley, au Louvre.

C'est à M. Motteley que revient l'honneur d'avoir le premier conçu l'idée d'un musée public de reliure. Nous disons public, car depuis longtemps tous les riches bibliophiles nourrissaient plus ou moins l'idée de faire de leurs collections un musée particulier de ce genre, et M. Libri va trop loin, comme l'ont remarqué fort judicieusement les *Tablettes d'un amateur*, lorsqu'il dit qu'en réunissant les magnifiques reliures qui recouvrent un si grand nombre de livres décrits dans son catalogue son intention a été de poser la *première pierre* du futur musée destiné spécialement à une branche si importante de l'ornementation. — Le gouvernement, longtemps incertain s'il refuserait ou s'il accepterait le musée Motteley, d'une valeur de 100,000 fr., se décida enfin pour l'affirmative et plaça cette collection au Louvre en 1852. Elle forme une dépendance de la bibliothèque impériale du Louvre et occupe l'emplacement de la bibliothèque Standish, devenue propriété du duc d'Aumale, en attendant son transfèrement dans les nouveaux bâtiments. — Comme les autres collections du musée, elle est visible tous les jours, excepté le lundi.

III.

ARCHIVES DÉPARTEMENTALES.

HISTOIRE. — Leur origine remonte à la loi en forme de proclamation du 20 avril 1790, et leur organisation aux lois du 5 novembre 1790, concernant la vente des biens nationaux, et du 5 brumaire an V, ordonnant la suppression des archives des districts. Ainsi, les archives des préfectures se trouvèrent absorber la plus grande partie des 5,700 dépôts d'archives qui existaient en France avant la Révolution. Une loi, du 28 pluviôse an VIII, acheva de les constituer officiellement. Elles restèrent longues années dans le plus fâcheux abandon, exposées à des chances de destruction multipliées et furent souvent mutilées par la négligence ou la fraude des dépositaires. Sous l'Empire et sous la Restauration, des efforts tentés pour assurer leur conservation échouèrent (circulaires du 22 décembre 1812, d'avril 1817, de 1829). L'ordre ne commença réellement à s'établir qu'à dater de la loi du 10 mai 1838 qui imposa au département les frais du service des archives, et fut suivie des excellentes circulaires des 8 août 1839, 24 avril 1841, 16 juin 1842, 30 juin 1844, etc., de l'établissement de la *Commission des archives* (6 mai 1841), de la publication d'un règlement général (6 mars 1843). Elles sont encore régies par un décret publié le 4 février 1850; en outre, un règlement de janvier 1854 a confié leur service à un bureau spécial du ministère de l'intérieur.

ADMINISTRATION SUPÉRIEURE — Ministère de l'intérieur, division de l'administration générale et départementale, 2e bureau.

Chef de bureau, M. de Martres, ✻. Archives départementales ; vérification des classements ; examen des archivistes ; révision des inventaires ; archives historiques des communes ; archives hospitalières ; publications, suite à donner aux rapports des inspecteurs généraux.

INSPECTEURS GÉNÉRAUX DES ARCHIVES DÉPARTEMENTALES. — MM. De Stadler, ✻ ; Francis Wey, ✻ ; E. de Rozière, ✻.

COMMISSION DES ARCHIVES DÉPARTEMENTALES. — MM. Cornuau, O. ✻, secrétaire du Ministère de l'intérieur ; Mérimée, O. ✻, sénateur, de l'Institut ; comte Léon de Laborde, O. ✻, de l'Institut, directeur gén. des Archives de l'Empire ; N. de Wailly, ✻, de l'Académie des inscriptions et belles-lettres ; Paulin Paris, ✻, de l'Académie des inscriptions et belles-lettres ; de Saulcy, O. ✻, de l'Académie des inscriptions et belles-lettres· de La Saussaye, O. ✻, de l'Académie des inscriptions et belles-lettres ; Lacabane, ✻, directeur de l'Ecole des chartes ; de Stadler, ✻, inspecteur général des archives départementales ; Francis Wey, ✻, inspecteur des archives départementales ; Marion, ✻, archiviste-paléographe, de Martres, chef de bureau des archives, secrétaire de la commission.

ARCHIVISTES. — Aux termes du décret du 4 février 1850, les archivistes des départements sont choisis parmi les anciens élèves de l'Ecole des Chartes, munis du diplôme d'archiviste paléographe, et, à défaut, parmi les personnes qui auront reçu un certificat d'aptitude délivré, après examen, par une commission nommée par M. le ministre de l'intérieur.

Dans les départements, les demandes de recherches,

de communications et d'expéditions de pièces doivent être adressées par écrit au préfet. Les pièces d'un intérêt privé sont communiquées seulement aux personnes qui justifient qu'elles ont qualité pour en prendre connaissance. Les communications de pièces ont lieu sans frais et sans déplacement, en présence de l'archiviste ou d'un employé; il n'est également perçu aucun droit pour la recherche des pièces. Les copies sont visées par l'archiviste et marquées du timbre de la préfecture, les frais et droits de délivrance, fixés conformément à la loi, sont relatés en marge.

Nota. L'astérisque (*) qui précède le nom désigne les anciens élèves de l'École des chartes.

Ain, * Baux.
Aisne, Matton.
Allier, * Chazaud.
Alpes (Basses-), Isnard.
Alpes (Hautes-), * Charronnet.
Ardèche, Mamarot.
Ardennes, Hanotel.
Ariège, Orliac.
Aube, * d'Arbois de Jubainville.
Aude, Mouynès.
Aveyron, * Desjardins.
Bouches-du-Rhône, * Blancard.
Calvados, * Chatel.
Cantal, Aymar.
Charente, de Jussieu.
Charente-Inférieure, Fauvelle.
Cher, * Barberaud fils.
Corrèze, Lacombe.
Corse, Friess-Colonna.
Côte-d'Or, Rossignol.
Côtes-du-Nord, * Pougin (P.).
Creuse, * Bosvieux.
Dordogne, Dessalles.
Doubs, Babey.
Drôme, Ginon.
Eure, * l'abbé Lebeurrier,
Eure-et-Loir, * Merlet.
Finistère, Le Men.
Gard, Chamand.
Garonne (Haute-), * Baudoin.
Gers, Niel.
Gironde, Gras.
Hérault, Thomas.
Ille-et-Vilaine, Ed. Quesnet.
Indre, * A. Desplanques.
Indre-et-Loire, * Loyseau-Grandmaison.
Isère, Pilot.
Jura, * Junca.
Landes, Bertrand.
Loir-et-Cher, * A. de Martonne.
Loire, Barban.
Loire (Haute-), Aymard.
Loire-Inférieure, Ramet.
Loiret, de Vassal.
Lot, Combarieu.
Lot-et-Garonne, * Croset.
Lozère, l'abbé Baldit.
Maine-et-Loire, * Port.
Manche, Dubosc.
Marne, Hatat.
Marne (Haute-), * Roberti.
Mayenne, Noël.
Meurthe, Lepage.

Meuse, Marchal.
Morbihan, * Rosenzweig.
Moselle, Sauer.
Nièvre, Leblanc-Bellevaux.
Nord, * Le Glay.
Oise, Auxcousteaux de Conty.
Orne, Gravelle-Desulis.
Pas-de-Calais, Godin.
Puy-de-Dôme, Cohendy.
Pyrénées (*Basses-*), * R. Lechien.
Pyrénées (*Hautes-*), Magenties.
Pyrénées-Orientales, Morer.
Rhin (*Bas-*), Spach.
Rhin (*Haut-*), * Brièle.
Rhône, Gauthier.
Saône (*Haute-*), Noël (Jean).
Saône-et-Loire, Ragut.
Sarthe, Lepelletier-Deslande.
Seine-Inférieure, * Robillard de Beaurepaire.
Seine-et-Marne, Lemaire.
Seine-et-Oise, * Mévil.
Sèvres (*Deux-*), * Luce (Siméon).
Somme, * L. Bocca.
Tarn, * Jolibois.
Tarn-et-Garonne, * Krœber.
Var, Ricaud.
Vaucluse, P. Achard.
Vendée, Filaudeau.
Vienne, * Redet.
Vienne (*Haute-*), Ardant.
Vosges, Guéry.
Yonne, * Quantin.

IV.

ÉCOLE DES CHARTES,

Rue du Chaume, en face la rue de Braque.

Fondée en 1821, et développée sur de nouvelles bases par les ordonnances du 31 décembre 1846, des 16 mars et 18 octobre 1849, les décrets des 4 février 1850 et 14 février 1851, et l'arrêté du 14 février 1851, cette école a pour objet l'enseignement des sources de notre histoire et la mise en œuvre des matériaux de tout genre que nous ont laissé les siècles antérieurs. Les élèves y suivent, sous la direction de sept professeurs, un cours d'études qui dure trois années. Les détails de l'enseignement sont : la lecture et le déchiffrement des chartes et monuments écrits, l'archéologie figurée, embrassant l'histoire de l'art, l'architecture chrétienne, la sigillographie et la numismatique; l'histoire générale du moyen âge appliquée particulièrement à la chronologie, à l'art de vérifier les dates des titres et leur authenticité ; la linguistique appliquée à l'histoire des origines et de la formation de la langue nationale ; la géographie politique de la France au moyen âge ; la connaissance sommaire des principes du droit canonique et du droit féodal. — L'école est destinée à former des archivistes et des bibliothécaires ; mais en aucun cas elle ne leur garantit ces fonctions. Le titre auquel ils ont droit, leurs examens subis, est celui d'archiviste paléographe. Pour suivre les cours à titre d'élève, il faut être Français, âgé de 18 à 24 ans, bachelier ès-lettres, et se faire inscrire (gratuitement) à la rentrée annuelle des vacances, dans le courant de novembre. Le régime de l'école est l'externat ; dans chaque promotion, les trois premiers élèves prennent le nom de boursiers, du prix de 600 fr. qui leur est accordé par l Etat. Les cours sont publics et gratuits pour le public comme pour les élèves ; ils ont lieu depuis le 20 janvier 1847 dans l'ancien salon du rez-de-chaussée de l'hôtel Soubise, placé directement sous le salon ovale ; il peut donner une idée de l'élégance de ce dernier ; son ornementation est très-soignée, et l'on y voit encore des sujets sculptés avec beaucoup d'art et de goût entre les archivoltes des fenêtres et sur la frise.

PERSONNEL. — *Directeur*, M. L. Lacabane, O. ✻. — *Professeurs :* MM. L. Lacabane ; J. Quicherat, ✻ ; Guessard, ✻. — *Sous-directeur des études :* M. de Mas-Latrie, ✻. — *Professeurs adjoints :* MM. Vallet de Viriville ; Bourquelot, ✻ ; A. Tardif, ✻. — *Prof.-suppléant et secrét.-trésorier*, M. Borel d'Hauterive.

CONSEIL DE PERFECTIONNEMENT. — MM. Hase, C. ✻, *président ;* N. de Wailly, ✻, *vice-président ;* P. Paris, ✻ ; L. de Laborde, O. ✻ ; L. Delisle, ✻ ; Wallon, ✻ ; L. Lacabane, ✻ ; Taschereau, ✻ ; de Mas-Latrie, ✻, *secrétaire du conseil.*

Bibliographie. — *Livret de l'Ecole des chartes complété*, publié par la Société de l'Ecole des chartes. Paris, Dumoulin, 1859.

In-12. —*Bibliothèque de l'Ecole des chartes*, *passim*.— *Athenæum français*, t. II, 1re part., p. 325. — L. Gautier, *Quelques mots sur l'Étude de la Paléographie*, 2e éd, *précédée de quelques mots sur l'Ecole des Chartes*. Paris, 1859.

V.

SOCIÉTÉS

HISTORIQUES ET ARCHÉOLOGIQUES DE PARIS.

—

ACADÉMIE DES INSCRIPTIONS ET BELLES-LETTRES.

En 1663, Colbert désigna dans l'Académie française quatre membres chargés de composer et discuter les inscriptions et médailles en l'honneur du roi. Ce fut cette commission, connue sous le nom de Petite Académie, qui devint, en 1701, l'*Académie des Inscriptions et Médailles*, et en 1716, l'*Académie des Inscriptions et Belles-Lettres*. Supprimée à la Révolution, l'Académie fait aujourd'hui partie de l'Institut et est régie par des lois et décrets des 25 octobre 1795, 30 avril 1802, 22 janvier 1803, 21 mars 1816, 26 octobre 1832, 5 mars 1833, 14 avril 1855. Elle se compose de 40 membres, touchant un traitement annuel de 1,500 fr., de 10 académiciens libres à 300 fr. et de huit membres associés étrangers; elle a, de plus, des membres correspondants, dont une ordonnance royale du 6 février 1839 a porté le nombre à 50: 30 étrangers et 20 régnicoles.

Commissions littéraires de l'Académie: Commission des Inscriptions et Médailles, instituée par décret du 25 juin 1806, confirmée par ordonnance royale du 16 mai 1830, chargée de publier et de proposer les légendes et sujets commémoratifs des grands événements. Quatre membres qui reçoivent une indemnité annuelle de 600 fr. : MM. Hase, Lebas, Guignaut, Lenormant. Dessinateur : M. Nanteuil. — *Commission pour la continuation de l'*Histoire littéraire *de la France*, confirmée par ordonnance royale du 9 juillet 1816. Quatre membres qui reçoivent une indemnité annuelle de 2,400 fr. : MM. Le Clerc, Littré, Renan, P. Paris. Ces deux commissions sont permanentes, les suivantes ne le sont pas et leurs membres ne reçoivent pas d'indemnité : *Commission des travaux littéraires chargée de surveiller les principaux travaux confiés à l'Académie des Inscriptions* (ordonnance royale du 16 mai 1830); *Commission des antiquités de la France ; Commission de l'école française d'Athènes*, chargée d'examiner les candidats à cette école, etc.; *Commission pour administrer les propriétés de l'Académie*. — Tous les ans l'Académie distribue un certain nombre de prix connus par les noms de leurs fondateurs : Bordin, Gobert, Hauteroche, Volney, et couronne les meilleurs mémoires sur les antiquités nationales.

Séances publiques, ordinaires, les vendredis à 3 heures; publique annuelle, en juillet.

COMITÉ DES TRAVAUX HISTORIQUES ET DES SOCIÉTÉS SAVANTES,

Au ministère de l'instruction publique.

Organisé par décret du 22 février 1858. Il est divisé en trois sections : section d'histoire et de philologie, section d'archéologie, section des sciences, et se compose de membres titulaires, de membres honoraires et de membres correspondants. En outre, il a dans chaque département des correspondants qui portent le titre de correspondants du ministère de l'instruction publique. Les réunions ordinaires du comité sont mensuelles; quatre fois par an il a une réunion générale. Un recueil mensuel, la *Revue des*

Sociétés savantes, publie ses procès-verbaux et des notices.

SOCIÉTÉ DE L'HISTOIRE DE FRANCE.

Fondée en 1833, constituée le 23 janvier 1834 et reconnue établissement d'utilité publique par décret du 31 juillet 1851, cette société a pour but de former, avec les documents originaux relatifs à notre histoire nationale pour les temps antérieurs à 1789, une collection accessible à tous. Elle a publié jusqu'à ce jour 80 volumes de mémoires, sans compter chaque mois un bulletin et chaque année un annuaire. Le nombre des membres est illimité. On devient membre en payant une cotisation annuelle de 30 fr., en échange de laquelle on reçoit toutes les publications de la société. La dernière séance générale a eu lieu le 3 mai 1859 au palais des Archives.

Président, M. de Barante (s'adresser chez M. Bellaguet, rue Cassette, 33).—*Vice présidents :* MM. Marion, rue Godot-Mauroy, 39, et Lascoux, rue Saint-Guillaume, 18. — *Secrétaire*, M. J. Desnoyers, rue Cuvier, 57.—*Archiviste*, M. Bouvier, rue Colbert, 12.

SOCIÉTÉ DE L'ÉCOLE DES CHARTES.

Fondée en 1839 pour établir un lien de confraternité entre les anciens élèves de l'Ecole des chartes et publier un recueil périodique consacré à l'étude de l'histoire et de la littérature d'après les documents originaux. Ce recueil est intitulé *Bibliothèque de l'Ecole des Chartes*. On y trouve des monuments inédits de toute nature, des travaux sur divers points de critique historique ou littéraire, des mémoires sur des faits peu connus ou altérés, des restitutions de textes corrompus, des notices de manuscrits ; un bulletin bibliographique et une chronique spéciale. La *Bibliothèque* forme aujourd'hui 20 vol. et 2 vol. de tables.

Président, M. L. Lacabane, à la Bibliothèque impériale.—*Libraire de lá Société*, Dumoulin, quai des Augustins, 3.

SOCIÉTÉ IMPÉRIALE DES ANTIQUAIRES DE FRANCE.

Fondée en 1805, sous le titre d'Académie celtique, elle a pris son titre actuel en 1813. Se livre à l'étude des diverses branches dont se compose l'archéologie : les langues, la géographie, la chronologie, l'histoire, la littérature, les arts et les antiquités jusqu'au XVIe siècle inclusivement. 45 membres résidents, payant une cotisation annelle de 36 fr., plus un diplôme de 25 fr. Ses *Mémoires* paraissent à intervalles irréguliers ; elle possède une bibliothèque.

SOCIÉTÉ FRANÇAISE D'ARCHÉOLOGIE, POUR LA CONSERVATION DES MONUMENTS,

Tenant ses séances rue Bonaparte, 44.

Fondée en 1834. Son but est la conservation et la description des monuments de France ; elle en fait le dénombrement, les décrit, les classe et publie ses statistiques dans le *Bulletin monumental*, son organe.

Président, M. de Caumont, rue Richelieu, 63.

INSTITUT HISTORIQUE DE FRANCE,

Rue Saint-Guillaume, 12.

Fondé le 24 décembre 1833. Son but est d'encourager et de provoquer les études historiques en France et à l'étranger. 4 classes : 1re *Histoire générale, Histoire de France* ; 2e *Histoire des langues et des littératures* ; 3e *Histoire des sciences physiques, mathématiques, sociales et philosophiques*, 4e *Histoire des beaux-arts*.

BUREAU.—*Président*, marquis de Brignole.—*Vice-président*, M. Nigon de Berty.—*Secrétaire général*,

M. A. Jubinal. — *Administrateur*, A Renzi. — Il publie, le 15 de chaque mois, le journal *l'Investigateur*.

SOCIÉTÉ DES BIBLIOPHILES FRANÇAIS.

Fondée le 1er janvier 1820. 24 membres au plus. Son but est de publier des ouvrages inédits ou au moins très-rares et ayant de l'importance pour notre histoire et notre ancienne littérature. La cotisation annuelle est de 100 fr. Sont exclues toutes personnes faisant commerce de livres. Elle a donné environ 100 ouvrages depuis sa fondation. Le dernier est le *Plan de Gomboust*, reproduction due aux soins de M. L. de Laborde.

SOCIÉTÉ DES AMATEURS D'AUTOGRAPHES.

Fondée à la fin de 1857. Cette société s'est proposé de donner un point de réunion et un organe aux amateurs d'autographes. Jusqu'à ce jour, les délibérations ont eu lieu le 1er lundi de chaque mois, chez l'un ou l'autre des fondateurs, qui sont : *président*, M. Rathery; *secrétaire*, M. Andrieux, et *membres*, MM. Boilly, H. Bonhomme, Boutron, Chambry, Chauveau, de Croze, G. La Chapelle, Gerbé, Guérin, de Lescure, Miller, Moulin, Potiquet et Ch. Read.

SOCIÉTÉ DE L'HISTOIRE DU PROTESTANTISME FRANÇAIS.

Fondée en 1852. Publie 1° des documents inédits et des travaux historiques dans un *Bulletin* périodique; 2° des *Mémoires*.

Président, M. Ch. Read, rue Cuvier, 33. — *Vice-président*, M. Ch. Weiss. — *Secrétaire*, M. Eugène Haag. — *Agence :* 174, rue de Rivoli.

SOCIÉTÉ LITTÉRAIRE ET HISTORIQUE POLONAISE,

Quai d'Orléans, 6.

Fondée à Paris en 1833, par les émigrés polonais.

Elle a pour but de propager les notions littéraires parmi les étrangers, et, en même temps, de publier les documents historiques relatifs à la Pologne. Elle tient ses séances mensuelles le 5 de chaque mois, et, le 3 mai de chaque année, elle publie en polonais le compte-rendu de ses travaux.

SOCIÉTÉ ASIATIQUE,
Quai Malaquais, 3.

Fondée en 1821. Son but est d'appeler par la publication d'un recueil périodique et des encouragements, l'attention du public sur les productions scientifiques, historiques, littéraires ou poétiques de l'Orient. Le nombre de ses membres est indéterminé ; ils nomment tous les ans un conseil qui est chargé de traiter les affaires générales de la société. Son recueil est le *Journal asiatique*, qui paraît depuis l'origine de la société, et forme chaque année 2 vol. in-8. Séance le 2e vendredi du mois, à 7 heures du soir.

DEUXIÈME PARTIE.

I. — MISCELLANÉES.

1. — Les Bibliothèques de Paris en 1709.

L'*Almanach royal* paraissait depuis une trentaine d'années, soit sous ce titre, soit sous le simple titre d'*Almanac* ou *Calendrier*, lorsqu'à la suite de nombreuses améliorations, il donna pour la première fois, en 1709, la liste des bibliothèques publiques et particulières de Paris. Nous croyons intéressant de reproduire les lignes qu'il leur consacre ; c'est la première mention qui ait été faite des bibliothèques publiques de Paris dans un ouvrage de ce genre et pour ainsi dire l'idée-mère de la publication que nous entreprenons aujourd'hui.

BIBLIOTÉQUES PUBLIQUES.

Les bibliotéques, ayant esté de tous temps regardées comme des trésors de toutes sortes de sciences et d'arts, d'où chacun peut tirer les lumières dont il a besoin, soit dans la théologie, dans la morale, dans le droit, dans l'histoire ; soit dans les mathématiques, dans la physique, dans la médecine, dans la peinture, dans la musique et dans l'agriculture ; en un mot, dans quelque partie que ce soit de la philosophie et des belles-lettres ; il étoit de la sage politique du royaume d'en entretenir de communes où chacun peut avoir entrée, afin que les particuliers qui ont du génie sans avoir la commodité des livres, ne manquassent pas de ces moyens pour cultiver et faire valoir leurs talents.

La Bibliotéque royale, qui passe pour une des plus complettes de toute l'Europe, a aussi esté réservée à cet usage, qui avoit déjà commencé il y a quelques années, et qui n'a discontinué qu'à cause de la petitesse du lieu où elle se trouve, en comparaison de la multitude des volumes qu'elle renferme ; mais en attendant qu'on lui ait donné un vaisseau propre pour placer tout le monde, les sçavans qui se font connoître y sont toujours aussi bien reçus que dès les premiers jours de son établissement ; elle est dans la rue Vivienne ; M. l'abbé de Louvois en est le gardien, M. Clément en est bibliotéquaire et M. Boivin, professeur royal, soû-bibliotéquaire.

La bibliotéque de Saint-Victor, qu'on ne fait pas difficulté de montrer aux personnes curieuses qui vont voir cette fameuse abbaye, continue depuis longtemps de s'ouvrir trois fois la semaine, les lundis, mercredis et samedis, pourvu que ce soient jours ouvrables et non les fêtes; on y entre matin et soir; mais il y a environ deux mois de vacances qui finissent à la Saint-Luc. Un religieux de cette maison en est le bibliotéquaire et il a sous lui des gens qui donnent des livres. M. l'abbé de Tillemont et M. le président Cousin, deux sçavans des plus célèbres de leur siècle, l'ont chacun augmentée de leurs propres bibliotéques qu'ils ont laissées par testament à cette abbayïe (*sic*).

La bibliotéque du cardinal Mazarin a été rendue publique depuis dix ou douze ans; on y va les lundis et les jeudis; un docteur de Sorbonne en est le bibliotéquaire; il y a aussi un soû-bibliotéquaire et deux hommes qui fournissent les livres qu'on demande; elle est dans un pavillon du collége des Quatre-Nations sur le quay Malaquais; ses vacances se règlent à peu près sur celles du parlement.

La bibliotéque de M. de Riparfond, fameux avocat du parlement de Paris, a esté laissée à la communauté des avocats, à condition que le public en jouirait pendant quelques jours de la semaine et que les avocats auroient la liberté d'y aller tous les jours; on l'a mise dans une des salles de l'archevêché; on en commencera bientôt l'ouverture.

MM. les gens du roy ont inspection sur toutes ces bibliotéques, pour faire observer les statuts et maintenir le bon ordre, et elles ont chacune des fonds pour l'entretien de ceux qui y servent et pour l'achapt des livres dont elles doivent être enrichies de temps en temps.

A l'égard de la Bibliotéque du Roy, on est obligé d'y mettre deux exemplaires de tous les livres qu'on imprime avec privilége dans le royaume, et monseigneur le chancelier a ordonné qu'on fournît gratuitement à la bibliotéque de M. de Riparfond un exemplaire des livres de droit qui s'imprimeraient.

Outre toutes ces bibliotéques, il y en beaucoup d'autres particulières de grande réputation.

BIBLIOTÉQUES PARTICULIÈRES DES PLUS FAMEUSES.

La bibliotéque des bénédictins de Saint-Germain-des-Prez, célèbre pour les anciens manuscrits.

La bibliotéque de Sainte-Geneviéve, au couvent des religieux de Sainte-Geneviéve; elle est accompagnée d'un cabinet de curiositez.

La bibliotéque de Sorbonne, riche en manuscrits autentiques.

La bibliotéque des RR. PP. Jésuites et leur cabinet d'antiquailles, rue Saint-Jacques.

La bibliotéque des Petits-Pères de la place des Victoires et celles de plusieurs autres communautez.

La bibliotéque de M. l'archevêque de Reims, rue des Francs-Bourgeois; elle est des plus prisées.

La bibliotéque de M. Colbert restée à sa famille.

La bibliotéque de M. l'abbé Bignon, l'une des plus nombreuses et des plus accomplies qu'on puisse avoir.

La bibliotéque de M. l'évêque de Strasbourg, qu'il a augmentée depuis peu de celle de M. de Menars, laquelle appartenoit autrefois à M. de Thou, estimée pour les belles relieures et les bonnes éditions des livres.

La bibliotéque de M. Foucault, conseiller d'Etat, demeurant au delà des barrières de la rue de Vaugirard; elle est embellie d'un cabinet de médailles et d'antiquitez fort rares.

Il y a encore en cette ville plusieurs autres bibliotéques considérables et de riches cabinets qui appartiennent à divers particuliers, entre lesquels le cabinet de M. Tournefort, fameux botaniste, passe pour le mieux fourni de toutes les productions les plus singuliéres de la nature.

Les illustres propriétaires de ces bibliotéques et de ces cabinets se font un honneur et un plaisir de faire part à leurs amis et à ceux qui viennent sous leurs auspices de ce qu'ils possèdent de plus curieux et de plus instructif.

—

II. — La première édition des Pensées de Pascal devant la censure.

Le texte des *Pensées*, après avoir passé par le tamisage des amis de Pascal : le duc de Roannès principalement, et Arnauld, Nicole, de Treville, du Bois, de la Chaise et Périer l'aîné, c'est-à-dire après que ces messieurs eurent élagué un grand nombre de passages incomplets, inintelligibles, ou qui leur parurent sans utilité, eut à subir, en second lieu, les altérations bien plus graves des censeurs, que l'on nommait à cette époque *approbateurs*. Ceux-ci et à leur tête l'abbé Le Camus adultérèrent comme à plaisir le précieux ouvrage et le rendirent aux éditeurs complétement bouleversé. Ce ne fut pas tout. Lorsque le livre fut imprimé, à la fin de l'année 1669, quoiqu'il renfermât les *approbations* d'un grand nombre d'évêques et de docteurs, il risqua fort de ne pouvoir être mis en vente. L'archevèque de Paris, Péréfixe, au dernier moment, souleva des difficultés qu'ont racontées les amis de Pascal dans le *Recueil de plusieurs pièces pour servir à l'histoire de Port-Royal* — nous pourrions ajouter *et de la censure en France au* XVIIe *siècle*. Nous citons tout le passage :

« Le prélat envoya un jour demander par l'un de ses aumôniers, qui paraissoit fort empressé, les

Pensées de M. Pascal, que le sieur Desprez avoit imprimées, et lui fit dire que, sachant qu'il y en avoit deux impressions, il désiroit en avoir de l'une et de l'autre afin d'en voir la différence. M. Desprez protesta qu'il n'en avoit fait qu'une seule impression et qu'il n'avoit encore aucun exemplaire de relié, mais qu'il pourroit en procurer un le lendemain à monseigneur. Il alla aussitôt après voir M. Arnauld pour prendre son avis à ce sujet. M. Arnauld dit qu'il craignoit qu'il n'y eût quelque cabale pour empêcher le débit de ce livre; que néanmoins il ne croyoit pas qu'il eût lieu de l'appréhender à cause des approbations, et qu'il étoit d'avis qu'en en portât le lendemain un exemplaire à M. l'archevêque.

« Le sieur Desprez étoit prêt à partir, ayant le livre dans sa poche, lorsque le même aumônier revint et lui dit qu'il avoit oublié la veille de lui dire, de la part de M. l'archevèque, qu'on l'avoit averti qu'il y avoit quelque chose dans cet ouvrage qui pouvoit lui faire donner quelque atteinte si on ne le changeoit, et qu'il valloit mieux y mettre un carton avant que de l'exposer en vente, afin qu'on le pût voir dans un état où personne n'y pût trouver à redire. Il ajouta que M. l'archevêque le prioit de ne le point débiter avant qu'il l'eût vu. Le sieur Desprez témoigna, de la part des parents et amis de M. Pascal, combien on étoit obligé à M. l'archevèque de Paris de ce qu'il s'intéressoit ainsi à la mémoire de M. Pascal; et, comme on le pressa de nouveau pour avoir un exemplaire, il promit d'en porter un ce jour-là même. Mais, ayant cru qu'il seroit bon qu'il vît auparavant M. Arnauld, il alla à l'hôtel de Longueville, où il le trouva avec Son Altesse Mme de Longueville, M. l'évêque de Comminges, les abbés de La Lane et la Vergne, M. Ragot, promoteur d'Alet et quelques autres. Lorsqu'il eut exposé toute son affaire à la compagnie, on observa qu'il étoit à craindre que M. l'archevêque ne voulût se rendre maître des livres qu'on imprimait à Paris, en ne permettant pas qu'on les imprimât qu'il ne les eût vus en son conseil ; que ce seroit établir une espèce d'inquisition, et qu'il falloit empêcher cela. Enfin on convint que M. Desprez iroit incessamment porter le livre à M. l'archevêque. M. de Comminges dit qu'il sauroit bien le défendre à la cour et partout ailleurs, en cas qu'on voulût faire quelque chose contre.

« Le sieur Desprez, étant allé à l'archevêché, fut introduit dans l'appartement de M. l'archevêque, à qui il présenta le livre des Pensées de M. Pascal de la part de la famille, disant que, s'il lui eût été possible d'en faire relier un plus tôt, il n'auroit pas attendu que Sa Grandeur l'eût envoyé demander. M. de Péréfixe lui fit d'abord un grand accueil, et ensuite lui dit qu'un très-habile homme, ce n'est cependant pas, ajouta-t-il, un homme de notre métier, ce n'est pas un théologien (c'étoit M. de la Mothe-Fénelon), lui avoit dit qu'il avoit lu tout entier le livre de M. Pascal, qu'il étoit admirable, mais qu'il y avoit quelque chose qui pouvoit favoriser les jansénistes. Le prélat ajouta qu'il croyoit qu'il valloit mieux faire un carton que d'y laisser quelque chose qui en pût troubler le débit et qu'il seroit fâché que cela arrivât, à cause de l'estime qu'il avoit pour la mémoire de M. Pascal. M. Desprez, après l'avoir remercié au nom de Mme Périer et de ses amis, lui dit qu'avec sa permission il écriroit sur cela à cette dame. Ensuite il avoua que ce n'étoit pas son métier de parler de ce que cette personne avoit remarqué, mais qu'il pouvoit représenter à Sa Grandeur que depuis longtemps on n'avoit examiné aucun livre avec plus de sévérité que celui-là, et qu'on avoit fait tous les changements que les approbateurs avoient jugé à propos de faire, et il ajouta que personne ne pouvoit lui en rendre un compte plus exact que lui, puisqu'il avoit été le solliciteur des approbations, et qu'ainsi il étoit assuré qu'on n'y avoit rien laissé qui pût commettre ni l'auteur ni sa mémoire.

« M. l'archevêque, s'étant fait nommer les approbateurs, en parut content et dit : Ce sont de fort honnêtes gens. Je suis assuré que M. l'abbé Le Camus n'y aura rien laissé passer que fort à propos. Voyons son approbation. Il la lut tout entière et la trouva bien écrite et digne d'un homme de qualité. Regardant ensuite les noms des approbateurs, il dit : Hum, hum ! voilà de leurs gens. Le sieur Desprez dit qu'on ne les avoit point affectés. M. l'archevêque, continuant, s'écria : C'est un grand fait que ces gens-là ne sçauroient s'empêcher de parler de leur grâce ; une chose où il faut dire *o altitudo*, ils la veulent faire passer pour un article de foi.

« Il dit ensuite : Monsieur Desprez, j'ai une chose qui pourroit bien servir à faire vendre votre livre et qui seroit bonne à mettre au commencement. C'est un témoignage par écrit de M. le curé de Saint-Etienne, de l'esprit dans lequel est mort M. Pascal ; il faut que je vous le montre. L'ayant été prendre dans son cabinet, où il étoit sur son bureau, il le lui présenta à lire, puis il dit : Eh bien ! monsieur Desprez, que dites vous de cela ? — Je n'ai rien à dire, répondit-il, sinon que M. le curé de Saint-Etienne est un fort honnête homme et un des curés du diocèse qui fait le mieux son devoir. — Voilà, continua le prélat, un témoignage authentique. Il commença ensuite à dire tout le bien possible de M. Pascal : que l'Eglise avait beaucoup perdu à sa mort, que ç'avoit été une des plus brillantes lumières de notre siècle, et qu'il avoit tant de vénération pour sa mémoire que, pour peu qu'on lui eût témoigné désirer son approbation, il l'auroit donnée de tout son cœur. Le sieur Desprez, lui ayant répondu que ç'auroit été la faveur la plus considérable que cet ouvrage eût pu recevoir, le prélat reprit : Je l'aurois fait très-volontiers. Et ensuite, comme revenant de bien loin et regardant le livre qu'il avoit entre les mains, il dit à un de ses aumôniers qui étoit présent : Je trouve bien étrange qu'on imprime comme cela des livres qui regardent la religion, sans m'en parler, sans ma participation. Il n'y a qu'à Paris où cela ne se pratique pas, car dans tous les autres diocèses on n'oseroit rien imprimer qui regarde la piété sans la participation de l'évêque ou de ses grands vicaires. N'est-il pas vrai? dit-il à l'aumônier, qui lui répondit : Il est vrai, monseigneur, et cela est même très-important. — Il faut, reprit le prélat, que je pense un peu à cela... Ce prélat, quittant M. Desprez, lui dit fort obligeamment : Faites-moi l'amitié de venir me voir. Celui-ci, de retour chez lui, écrivit sur-le-champ une relation de toute cette affaire. »

—

III. — Deux Questions.

— A quelle époque et par qui le mot bibliophile a-t-il été employé pour la première fois?

— Quel ouvrage Branthôme, au commencement de la vie de François Ier, veut-il désigner par ces mots : « J'ay veu un livre, n'a pas long temps, qui parle de la consolation et constance, aussy bien faict et aussy eloquent que j'en aye point veu. Je ne sçais qui est l'autheur, mais c'est un docte, habile et bien disant personnage. Toutesfois je ne puis m'en garder que je ne die qu'il a eu grand tort que, parlant en un petit recoing de son livre de ce nostre grand roy

François, « vrayment grand, dict il, car il avoit de « grandes vertus et de grands vices aussy. » Ce qui m'estonna fort quand j'ouys parler de grands vices, pour n'avoir jamais ouy dire à de grands seigneurs et dames qui estoient de ce temps là, qu'il en fust si attainct. » ?

—

IV. — Bibliophiliana.

Voici quelles étaient, au XVIIe siècle, les fêtes des confréries de libraires, imprimeurs, marchands de papiers, etc., de Paris, avec l'indication des lieux où ces fêtes se célébraient : la fête des imprimeurs, à *Saint-Jean de-Latran*, le 6 mai ; celle des libraires, relieurs, imagiers, fondeurs de lettres, aux *Mathurins*, le même jour ; celle des parcheminiers, à *Saint-André-des-Arts*, le même jour ; celle des colporteurs d'édits, almanachs, etc., le 28 janvier, aux *Mathurins*.

—

Il serait facile de faire déserter au peuple le cabaret pour les bibliothèques, si on lui offrait des livres d'une lecture attrayante, amusante même, quoique toujours moralisatrice. Ceci est facile à constater dans de certaines bibliothèques anglaises où l'on donne en lecture des ouvrages nouveaux, des revues, des journaux et qui sont excessivement fréquentées.

—

Tout livre entre les mains de l'homme d'étude acquiert un prix inestimable. Il en tire parti de la façon la plus inattendue. Arago reçut ce coup de fouet qui décide les vocations, pour avoir examiné de près la couverture d'un de ses ouvrages de travail. C'était le *Traité d'algèbre* de Garnier sur lequel pâlissait le studieux élève. Ce livre était recouvert d'une feuille imprimée revêtue elle-même extérieurement de papier bleu. La lecture de la page non recouverte donna à Arago l'envie de connaître ce que lui cachait le papier bleu. Il enleva ce papier après l'avoir humecté et put lire dessous ce conseil donné par d'Alembert à un jeune homme qui lui faisait part des difficultés qu'il rencontrait dans ses études : « Allez, monsieur, allez, et la foi vous viendra. » Ce fut un trait de lumière pour Arago ; au lieu de s'obstiner à vouloir comprendre du premier coup les propositions qui se présentaient à lui, il admettait provisoirement leur vérité, il passait outre, et le lendemain, était tout surpris de comprendre parfaitement ce qui, la veille, lui paraissait entouré d'épais nuages.

—

Toutefois cette anecdote prouve qu'Arago ne professait pas le plus grand respect pour ses livres. Quelques écrivains ont eu ce travers. Il en est beaucoup, par exemple, qu'on n'a jamais pu persuader de l'utilité de la reliure, et parmi ceux-ci, le plus étonnant est Louis-Sébastien Mercier, auteur du *Tableau de Paris*. Achetait-il un livre qu'il n'avait pu trouver autrement que relié, à peine arrivé chez lui, il en faisait une brochure en le dépouillant de son carton ; il appelait cela lui *casser le dos*. D'où cette méchante épigramme lancée contre lui par un contemporain :

> Mercier, en déclamant contre la reliure,
> Pour sa peau craindrait-il un jour ?
> Que ce grand homme se rassure,
> On n'en peut faire qu'un tambour.

C'était dire la vérité en riant. Du moins, Mercier ne cherchait que le bruit en se singularisant par ses écrits, ses actions et ses discours. Il avouait avec franchise qu'il se trompait souvent ; « mais ajoutait-il, il faut bien secouer l'*arbre aux idées*. »

—

V. — Glane.

Lexicographus a beaucoup lu ; sa tête est remplie d'in-folio et d'in-quarto , mais il ne s'est jamais rendu compte de ses richesses ; aussi , dans la conversation , est-il loin de briller et paraît-il étranger même aux notions les plus simples. Sa mémoire est comme un magasin dont il n'a que la garde et point la propriété.

***

L'histoire est une expérience anticipée.

***

La plupart des disputes humaines viennent de ce qu'il existe à la fois des savants et des ignorants constitués de manière à ne voir jamais qu'un seul côté des faits et des idées, et chacun de prétendre que la face qu'il a vue est la seule vraie, la seule bonne. Aussi le livre saint a-t-il jeté cette prophétique parole : ***Dieu livra le monde aux discussions.***

***

Les gens de lettres mènent une vie trop dissipée à Paris ; voilà sans contredit la principale cause de la stérilité dont on se plaint généralement. Pour peu que cela continue, nous ne verrons plus que des quatrains et des distiques ; si l'on veut avoir un ouvrage de longue haleine, on sera forcé de mettre les gens de lettres aux arrêts et de claquemurer l'Académie.

***

Inspirer l'intérêt est le grand art de tout auteur qui fait un livre. Ce doit être le but de l'historien comme du romancier.

***

Dans les belles-lettres, les Espagnols font moins qu'ils ne peuvent, les Français font tout ce qu'ils peuvent, et les Italiens plus qu'ils ne peuvent.

⁂

Il est absurde et ridicule de posséder des livres qui n'ont d'autre mérite que d'être rares et introuvables.

⁂

Les livres sèment les idées que la méditation fait éclore.

⁂

Un livre est une lettre écrite à tous les amis inconnus qu'on a dans le monde.

⁂

A trente ans, on ne lit plus un ouvrage d'un bout à l'autre; on se contente de le parcourir. Aussi manque-t-on rarement de trouver que les livres nouveaux n'ont ni ordre ni méthode.

⁂

La fureur de la plupart des Français, c'est d'avoir de l'esprit; et la fureur de ceux qui veulent avoir de l'esprit, c'est de faire des livres. Cependant il n'y a rien de si mal imaginé : la nature semblait avoir sagement pourvu à ce que les sottises des hommes fussent passagères, et les livres les immortalisent.

⁂

Il y a des amateurs de livres qui mettent toute leur gloire à n'avoir que des reliures en maroquin dorées sur tranche, doublées de tabis, avec bords et bordures en dentelles, filets sur le plat et qui les renferment dans des armoires grillées et mises à l'abri du toucher. Ils devraient prendre pour leur bibliothèque l'inscription : *Noli me tangere*.

⁂

Pascal disait de ces auteurs, qui, parlant de leurs ouvrages, disent *mon livre, mon commentaire, mon histoire*, etc., qu'ils sentent les bourgeois qui ont pignon sur rue et toujours un *chez moi* à la bouche. Ils feraient mieux, ajoutait-il, de dire *notre livre, notre commentaire, notre histoire*, etc., vu que d'ordinaire il y a plus en cela de bien d'autrui que du leur.

⁂

On peut être connaisseur sans être artiste. On peut être amateur sans être connaisseur.

⁂

Le paradis d'un auteur est de composer : son purgatoire, de relire et retoucher ses compositions et son enfer, de corriger les épreuves de l'imprimeur.

⁂

A l'exception des détails de l'histoire, tout ce qui fut jamais écrit depuis que le monde existe pourrait tenir dans quelques in-folio, si chaque chose n'avait été dite qu'une fois.

⁂

De tous les commerces, le plus noble est celui des livres, mais combien il y a de gens qui le dégradent !

⁂

Il serait à désirer pour les lettres que les libraires fussent savants, ou que les savants fussent libraires.

⁂

De toutes les folies qui peuvent mener un honnête homme à Charenton, et même ailleurs, la plus innocente, à mon gré, est la manie des livres. Paris est rempli de ces graves personnages qui sont entichés de ce vice incurable, toujours prêts à condamner les erreurs d'autrui pour glorifier leur propre faiblesse, et d'autant plus malades qu'ils se croient plus sensés.

*
* *

Les compilations sont des marchés où les riches et les pauvres doivent trouver de quoi se nourrir.

II. — SOUVENIRS DE L'ANNÉE 1858-1859.

(1er octobre 1858 au 30 septembre 1859.)

I. — FAITS NOTABLES.

— L'Académie des Inscriptions et Belles-Lettres a en ce moment sous presse : le 20e volume de ses *Mémoires;* un volume de la *Collection des Historiens de France,* par MM. de Wailly et Guignaut; le 3e volume des *Chartes et Diplômes,* par M. Léop. Delisle; la *Table des Chartes et Diplômes imprimés,* par M. Laboulaye; les *Papyrus grecs du Louvre,* édition commencée par M. Letronne, continuée par M. Brunet de Presles; un volume de l'*Histoire littéraire de la France;* l'*Histoire des Croisades*; un volume des *Historiens occidentaux,* par MM. Lebas et Wallon, et un volume des *Historiens orientaux,* par M. Reinaud; un volume des *Notices et Extraits des Manuscrits;* le VIe volume, 1re série, des *Mémoires présentés par divers savants;* et enfin, le XVe volume du *Gallia christiana,* par M. B. Haureau.

— Les comités scientifiques du ministère de l'instruction publique préparent deux dictionnaires : le *Dictionnaire de géographie de la France* où les noms seront rangés par département, chaque département faisant un volume ; et le *Dictionnaire archéologique de la France* où doit être signalée chaque localité offrant une antiquité quelconque.

— Une *Société des Bibliophiles de Touraine* s'est fondée à Tours, en 1859. Son but est la publication d'ouvrages inédits ou rares, offrant un intérêt historique et littéraire et relatifs à la Touraine. 25 membres titulaires et nombre illimité de membres adhérents. Elle est régie par le comité de publication formé de 10 membres et nommé pour 5 ans. Il n'y a point de cotisation ; les membres s'engagent à acheter les livres au prix fixé par le comité. Adresser les demandes d'admission à M. Bourassé, à Tours.

— Dorénavant la bibliothèque de la Sorbonne n'aura plus de séances le soir.

— Un incendie a détruit à Bourges une partie des archives de la Préfecture ; beaucoup de pièces intéressantes ont été perdues.

— M. de Martainville a légué à la ville de Rouen sa belle collection de manuscrits relatifs à l'histoire de la noblesse.

— M. d'Attel, décédé à Verdun en décembre 1858, a légué à la bibliothèque de cette ville, ses papiers, livres, manuscrits, médailles et objets d'art, et le conseil municipal a accepté provisoirement en 1859.

— M. Le Roi, bibliothécaire de la ville de Versailles, a composé pour l'usage public, la bibliographie des livres sur Versailles conservés à la bibliothèque, et il y a joint la liste complète des passages où il est question de la même ville à un titre quelconque dans les milliers d'autres volumes du précieux dépôt qui lui est confié. Cet utile relevé ne forme pas moins d'un volume in-folio. Toutes les bibliothèques de villes importantes devraient posséder un catalogue de ce genre; nous signalons cette excellente idée au zèle de MM. les bibliothécaires de province.

— L'empereur de Russie vient d'ordonner la formation de bibliothèques de vaisseau pour tous les bâtiments de la marine impériale qui doivent faire de longs voyages. Un premier fonds de 300 roubles et une allocation annuelle de 60 roubles est affectée à chaque vaisseau de ligne et à chaque frégate. Ces fonds sont pris sur la cassette de l'Empereur. Un pareil service a été organisé en France, il y a vingt ans.

— Dans l'état de New-York, les bibliothèques privées des éditeurs, des auteurs et des ecclésiastiques ne peuvent être l'objet d'aucune saisie. La législature considère les livres des auteurs comme des instruments indispensables à l'exercice de leur profession.

II. — RECHERCHES ET DÉCOUVERTES.

— M. A. de Lamothe, ancien élève de l'Ecole des Chartes, a découvert à Madrid des manuscrits intéressant l'histoire de France au XVIe siècle, entre autres une lettre de l'ambassadeur d'Espagne à Paris, écrite au Louvre le jour même du 24 août 1572 et contenant de curieux détails.

— On a trouvé dans la bibliothèque du comte de Thun, à Tetschen, un codex très-précieux pour l'histoire de la musique; il est daté de l'année 1064 et a appartenu autrefois au célèbre cloître de Maulbronn, dans le Wurtemberg. C'est, en 116 feuilles, un cours complet de musique comme elle existait au XIe siècle.

— On a annoncé la découverte, en Westphalie, du manuscrit de Velleius Paterculus, égaré depuis plus de trois cents ans.

— Parmi les papiers français conservés à Pétersbourg se trouve une partie des anciennes archives de la Bastille achetée par l'empereur Alexandre Ier à un amateur du nom de Dobrowski ; M. Lud. Lalanne a fait remarquer qu'à côté des archives de la Bastille figurent, dans la collection Dobrowski, des pièces, au nombre d'un millier environ, arrachées dans les précieux volumes du Fonds Saint-Germain-Harlay, de la Bibliothèque impériale de Paris. Que le bien d'autrui soit léger à la bibliothèque de l'Ermitage et à la bibliothèque impériale de Pétersbourg !

— M. le ministre de l'intérieur a prescrit des recherches dans les archives de France, afin de découvrir les lettres de Marie de Médicis qui pourraient faire partie de la *Correspondance* de cette princesse, publiée dans la collection des Documents inédits.

— M. le directeur des archives centrales de Florence prie les personnes qui posséderaient ou connaîtraient des lettres ou autres manuscrits autographes de Nicolas Machiavel de lui en donner avis.

III. — PUBLICATIONS ÉTRANGÈRES.

— La bibliothèque de Munich a publié le 1er volume du catalogue de ses manuscrits ; ils sont classés par ordre méthodique.

— La municipalité de Cologne a prescrit la publication des documents les plus importants conservés dans ses archives avec des notes et une bibliographie des ouvrages relatifs à Cologne.

— Le journal manuscrit des marins génois Theodosio Doria et Ugolino Vivaldi qui, en 1290, plus de deux siècles avant Vasco de Gama, doublèrent le cap de Bonne-Espérance, vient d'être imprimé à Berlin par le docteur Pertz.

— Le fils de ce célèbre érudit avait retrouvé au British-Museum, sous les caractères d'un palimpseste, les fragments considérables d'un historien latin, Gaius Granius Licinianus; ces fragments ont été publiés cette année à Leipsick.

— On publie à Gand sous le titre de *Nederlandshe Dichterhalle* les morceaux choisis des poëtes néerlandais depuis les époques les plus reculées.

IV. — RENSEIGNEMENTS STATISTIQUES.

— Il y a dans toute l'Italie 600 imprimeries, ayant 2,000 presses, dont 100 environ sont mues par la vapeur; elles emploient 9 ou 10,000 ouvriers et commis. Turin a 33 imprimeries et 194 presses dont 48 à la vapeur; elles occupent 800 ouvriers. Milan a 36 imprimeries, 230 presses et 600 ouvriers; Venise, 15 imprimeries, 400 ouvriers; Florence, 36 imprimeries et 374 ouvriers. A Rome, il y a l'imprimerie polyglotte de la chambre apostolique; à Venise, l'imprimerie arménienne. — Le nombre des journaux italiens est de 300 à 320, celui des revues de 20. Les revues ne sont pas sans valeur; mais les journaux sont en général mal faits, peu lus et peu payés.

— Le premier journal publié dans l'Amérique du Nord le fut en 1704, le second en 1720. En 1775, il n'y avait que 35 journaux dans les Etats-Unis; il y en avait 359 en 1810, 852 en 1828, 1,631 en 1848, 2,526 en 1850. Il y en a aujourd'hui près de 4,000 qui représentent une circulation d'environ 700 millions d'exemplaires.

— Il s'imprime à San-Francisco 36 publications périodiques qui se décomposent ainsi : 14 journaux quotidiens, 16 journaux hebdomadaires, 3 journaux mensuels, 1 recueil trimestriel et un autre annuel.

Parmi les journaux quotidiens, 6 publient des éditions hebdomadaires et 4 des éditions de steamers en sus de leur publication quotidienne. On y compte 9 journaux en langue étrangère : 5 en français, 2 en allemand, 1 en italien et 1 en espagnol.

— Depuis la publication de *Wawerley*, l'Angleterre s'est enrichie (?) de 3,000 romans, formant un total de 3,000 volumes. Depuis la mort de Walter Scott, la moyenne de romans qui paraissent en Angleterre chaque année est de cent, environ deux par semaine.

— La Russie publie près de 150 journaux. Il y paraît actuellement environ 1,500 ouvrages originaux et 220 traductions par année.

— Il se publie en Hollande, par an, 120 ouvrages d'histoire; 270 de philosophie et d'histoire littéraire; 150 de belles-lettres. Les journaux sont au nombre de 160, et les recueils périodiques mensuels ou bimensuels au nombre de 70.

— La Suède ne compte que 90 journaux et environ 15 recueils périodiques.

— *Grandes bibliothèques de l'Europe*. La bibliothèque de la rue Richelieu, à Paris, tient le premier rang; les plus importantes sont ensuite : le British Museum, 560,000 volumes; la bibliothèque impériale de Pétersbourg, 520,000 volumes; la bibliothèque royale de Berlin, 500,000; la bibliothèque royale de Munich, 480,000; la bibliothèque de Copenhague, 410,000; la bibliothèque de Vienne (Autriche), 365,000; la bibliothèque de l'Université de Gœttingue, 360,000; la bibliothèque royale de Breslau, 350,000; la bibliothèque royale de Dresde, 305,000.

— En vingt ans le British Museum a su arriver au second rang, du septième qu'il occupait jadis; sa dépense en 1858-59 s'est élevée à 73,500 livres sterlings (1,837,500 fr.), et celle de l'année 1859-60 est estimée à 77,425 livres sterlings (1,935,625 fr.). En 1858, le nombre des lecteurs a été de 122,104, et la bibliothèque s'est augmentée de 32,152 vol.

— Dans un travail lu par le docteur Guy à l'un des derniers meetings de la société anglaise de statistique, nous trouvons un paragraphe consacré à la durée de la vie des gens de lettres, d'où il résulte que les travaux littéraires sont loin d'être un obstacle à la longévité. Au XVIe siècle, la moyenne de la durée de la vie des écrivains a été de 64 ans; au XVIIe, de 63; au XVIIIe, de près de 65.

V. — NÉCROLOGIE FRANÇAISE.

— Deux bibliophiles très-distingués sont morts à Paris, en 1859 : MM. Arm. Cigongne et Aug. Veinant. Le premier, ancien agent de change, avait depuis de longues années, consacré bonne part de ses revenus à l'achat de livres précieux. Vers la fin de sa vie, sa collection était de beaucoup le plus riche cabinet parisien; on y remarquait des manuscrits sur vélin ornés de miniatures, comme il ne s'en trouve plus; des livres imprimés sur vélin; des xylographies; des livres gothiques; les poëtes principaux des XVIe et XVIIe siècles, éditions originales; un choix d'ouvrages sortis des presses elzéviriennes. La provenance de ces volumes ajoutait à leur valeur, tous étaient des débris de ces collections splendides qui ont eu nom : bibliothèques Grolier, Maioli, François Ier, de Thou, d'Hoym, de Préfond, de Rothelin. M. Arm. Cigongne prêtait quelquefois ses livres, mais il fallait compter parmi ses amis les plus intimes. Aujourd'hui sa collection est allée compléter une très-riche bibliothèque d'Angleterre, et cependant elle n'est pas sortie de France; ceci est une énigme et n'en sera plus une lorsque nous aurons ajouté que les galéries de Twickenham sont le musée où l'ombre de M. Cigongne pourra venir consulter ses plaquettes chéries ; elle les trouvera dans une belle serre appropriée à sa nouvelle destination, au milieu d'autres milliers de raretés bibliographiques, non loin de l'ancienne bibliothèque Standish, autrefois au Louvre. Tous ces livres sont les instruments de travail d'un amateur dont la passion des beaux ouvrages a fait un érudit, un critique et un écrivain. — M. A. Veinant avait tous les goûts de M. Cigongne sans en avoir la fortune, aussi sa collection, quoique fort belle, ne sera-t-elle pas vendue 375,000 fr. comme la précédente. C'est lui qui, sous le nom de Gustave Aventin, a publié l'édition de Tabarin de la *Bibliothèque elzevirienne*. M. P. Jannet a prononcé en quelques mots son oraison funèbre dans ses intéressantes *Tablettes d'un amateur* (*Revue Européenne*, 15 mars 1859). — Ces noms comportaient quelques détails ; quant à ceux qu'on va trouver ci-dessous, nous nous sommes contenté d'en dresser la liste : *Bibliothécaires*, MM. Grangeret de Lagrange, de la bibliothèque de l'arsenal ; Calixte Dupont, de la bibliothèque de Bordeaux ; Chavernod, de la bibliothèque de Vienne et conservateur du musée archéologique. — *Erudits*, MM. A. Le Prevost, de l'Institut, né à Bernay, le 3 juin 1788, auteur du *Dictionnaire des anciens noms de lieux du département de l'Eure ;* Albin d'Abel de Chevalet, ancien attaché aux travaux historiques de l'Institut ; l'abbé Texier, auteur de travaux sur les émailleurs ; l'abbé Blais. — *Historiens*, MM. le Dr Aug. Boulland ; Alex. Dumesnil. — *Publicistes et critiques*, MM. A. de Tocqueville ; Marius Rampal ; H. Rigault ; H. Rivoire ; G. d'Avrigny ; B. Soulas ; d'Attel. — *Poëtes, romanciers*, Mme Desbordes-Valmore ; MM. Petrus Borel, auteur des *Contes d'un Lycanthrope ;* Marie Aycard ; Privat d'Anglemont. — *Editeurs et libraires*, MM. Furne ; Warée, auteur des *Curiosités judiciai-*

res; Ch. Gosselin; Langlois; A. Taride; Bezou; Houssiaux; P.-G. Nozeran, d'Orléans.—*Imprimeurs,* MM. Maulde; Gros; Besnard; Martin, l'un des doyens de la typographie française, mort à Metz.

VI. — VENTES REMARQUABLES DE LIVRES ET DE MANUSCRITS

— La plus belle ne s'est pas faite en France; c'est la double vente des imprimés et des manuscrits de M. G. Libri à Londres. Les manuscrits ont été confiés les premiers au hasard des enchères; ils étaient au nombre de 1190, et se sont vendus 175,000 fr., en moyenne 142 fr. 50 c. La vente des livres imprimés a eu lieu dans la première quinzaine d'août et a produit 220,558 fr. 40. Cette somme n'a rien d'étonnant, lorsqu'on pense aux incroyables richesses bibliographiques par lesquelles M. Libri était venu tenter les bibliophiles : — c'étaient 1,500 volumes en maroquin avec les armes ou les devises de leurs anciens possesseurs, des recueils xylographiques du plus haut prix, des éditions princeps d'une grande rareté, des poëmes et romans de chevalerie en diverses langues, de très-anciennes productions de la presse anglaise, etc. — L'ouvrage le plus disputé a été la *Bible des pauvres*, en allemand, xylographie de 1470, quarante feuillets imprimés d'un seul côté, 5,500 fr. Le *Planeten Buch,* s'est vendu 39 l. sterl. L'acquéreur de la bibliothèque Cigongne a acheté 3,750 fr. le Machiavel, *Libro dell'arte della guerra,* édition aldine de 1540; l'édition elzevirienne de Cicéron, 10 vol. in-12, aux armes du comte d'Hoym, a été poussée jusqu'à 1,525 fr. Parmi les éditions originales d'écrivains modernes, l'un des livres qui s'est le mieux vendu venait aussi de ce célèbre amateur : *les Amours de Psyché et de Cupidon,* Paris, 1669. In-8, 762 fr. 50 c. — M. Libri annonce une autre vente pour l'hiver de 1860 et après cette vente il lui restera encore un fonds de 12,000 volumes.

— Auprès de celle-là toutes les autres ventes ont paru mesquines; nous n'en donnerons que l'énumération : Bergeret; Martainville, 1120 n^{os} remarquables, parmi lesquels on distinguait l'exemplaire des *Coutumes de Normandie*, de 1483, le livre qu'on suppose avoir été le premier imprimé en Normandie; Portalis, la bibliothèque dispersée dans cette vente avait été commencée par le rédacteur du code civil, le catalogue comprenait 2,035 n^{os}, presque tous ouvrages de jurisprudence; elle a produit 30,000 fr.; Guenoux, faite par Franck; Quatremère; Fr. Michel, et quelques ventes d'autographes qu'aucun incident curieux n'est venu signaler.

VII. — BIBLIOGRAPHIE BIBLIOGRAPHIQUE.

Brunet (Ch.). — *Le père Duchesne d'Hébert, ou Notice historique et bibliographique sur ce journal, precédée de la vie d'Hébert, son auteur, et suivie de l'indication de ses autres ouvrages*, par —. In-18, 232 p. Paris, France.

Brunet (G.), de Bordeaux. Voy. Perennès, ci-dessous.

Deschamps (P.). — *Liste sommaire des principaux ouvrages, pamphlets et opuscules publiés en 1610 et années suivantes, à l'occasion de la mort de Henri IV* (dans le *Procès du très-meschant parricide Ravaillac*, publié sur les manuscrits du temps, par —).

Foucher (Victor). — *Rapport fait au Conseil municipal de Paris, sur l'établissement d'une bibliothèqae pour le Conseil municipal et sur la bibliothèque de la ville, par M. V. Foucher, dans la séance du 20 mai* 1859. In-4 de 30 pages, contenant les délibérations du conseil municipal et, en appendice, une *liste des principaux ouvrages relatifs à l'histoire de*

Paris qui se trouvent à la bibliothèque de la ville. Cette liste, divisé en 20 séries d'ouvrages, contient 320 numéros.

FRÈRE (Ed.). — *Manuel du bibliographe normand* indication des ouvrages relatifs à la Normandie; notices biographiques, par —. Rouen, Le Brument, part. I et II.

GIRARDOT (De). — *Catalogue des manuscrits de la bibliothèque de Bourges, textes et dessins*, par M. —. In-4, 168 p. Paris, Didron. Tiré à 90 ex.

GARNIER. — *Catalogue méthodique de la bibliothèque communale de la ville d'Amiens. Sciences et arts*. In-8, VII-688 p. (Par —, conservateur de la Bibliothèque) 1859.

MAILLARD. — *Histoire anecdotique et critique de la presse parisienne*, 2e *et* 3e *années*, 1857 *et* 1858, *revue des journaux de l'année*, in-18, 251 p. Paris, Malassis.

PERENNÈS (F.). — *Dictionnaire de bibliographie catholique, présentant l'indication et les titres complets de tous les ouvrages qui ont été publiés dans les trois langues grecque, latine et française, depuis la naissance du christianisme en tous pays pour et sur le christianisme, le tout rangé méthodiquement et par ordre alphabétique, sur* 57 *chefs principaux*, par —, suivi d'un Dictionnaire de bibliologie, par Brunet, de Bordeaux, t. II, ch. 25 à 32. In-8, 778, p. Petit-Montrouge, Migne.

QUERARD. — *La France littéraire. Corrections, Additions*. T. XII, 2e livraison (Renouard-Ribauld). In-8, p. 145-288. Paris, l'éditeur, 27, rue Mazarine.

Le même. — *Une question d'histoire littéraire résolue. — Réfutation du paradoxe bibliographique de M. R. Chantelauze. Le comte Joseph de Maistre, auteur de l'antidote au congrès de Rastadt*, par —. In-8, 42 p. Paris, l'auteur.

REINWALD. — *Catalogue annuel de la librairie française pour* 1858, par —. 1 vol. in-8°, Paris, Reinwald.

SALMON. — *Catalogue des manuscrits de l'ancienne bibliothèque du chapitre de Sens*. In-8, 15 p.

VAPEREAU. — *L'Année littéraire et dramatique ou Revue annuelle des principales productions de la littérature française.* Paris, Hachette, in-18.

VIOLLET-LEDUC. — *Bibliographie des chansons, fabliaux, etc., ayant fait partie de la collection de M.—.* Nouv. éd., Paris, Claudin, in-8°.

— Il faut joindre à cette liste plusieurs catalogues de vente et de librairie; comme, en général, aucun d'eux n'offre l'ensemble d'un ouvrage d'érudition bibliographique, nous devions nous abstenir de les citer ici; mais, lorsqu'il se produira quelque livre de ce genre de l'importance du catalogue Soleinne, nous n'aurons garde de l'oublier.

TROISIÈME PARTIE.

I. Libraires de Paris s'occupant de librairie ancienne et de librairie de choix. — II. Marchands d'estampes anciennes. — III. Relieurs-artistes. — IV. Laveurs-restaurateurs de livres et estampes.

I. Libraires de Paris.

Asselin (H.), quai des Grands-Augustins, 41.

Aubry (Aug.), r. Dauphine, 16.

Baillieu, quai des Gr.-Aug., 43.

Bance, fils, r. Bonaparte, 13.

Bergelot, boul. Poissonn., 17.

Bouchard-Huzard (Vᵉ), rue de l'Eperon, 5.

Caen (E.), passage des Panoramas, 55.

Caillot, rue Bonaparte, 4.

Camerlinck, r. des B.-Enf., 28.

Charavay (*et Autographes*), rue de Seine, 53.

Claudin (A.), rue d'Anjou-Dauphine, 12.
(*Archives du bibliophile ou Bulletin mensuel de l'Amateur, avec notices littéraires, etc.*)

Cretaine, rue de Seine, 27.

Curmer (L.), r. de Richelieu, 47.

Davesne, rue Bonaparte, 59.

Deflorenne (Mᵐᵉ), rue Guénégaud, 15.

Delahays, rue Voltaire, 4 et 6.

Delaroque frères, quai Voltaire 21 et Passage Choiseul, 81.

Delion, q. des Gr. August., 47.

Demichelis (J.), rue St-André-des-Arts, 33.

Dentu (E.), Palais-Royal, galerie d'Orléans, 13.
Didot (Fir.), O. ✱ frères, fils et comp., rue Jacob, 56.
Didron (Vict.), rue Saint-Dominique, 23.
Dujardin (E.), rue des Grès, 13.
Dumaine (J.), rue et passage Dauphine, 30. Esc. E.
Dumoulin (J. B.), quai des Gr.-Augustins, 13.
Duprat (B.), cloître St-Benoît, 7.
Durand (A.), rue des Grès, 7.
Dulot, rue des Pyramides, 6.
Fontaine, pass des Pan., 35, 36.
France, quai Voltaire, 9.
Franck, rue Richelieu, 67.
Furne, r. St-André-des-Arts, 45.
Gide, rue Bonaparte, 5.
Goin (Ern.) quai des Grands-Augustins, 25.
Guesnon, rue de Rivoli, 186
Guillemot, q. des Gr.-Aug., 19.
Hénaux (V^{e}), q. Voltaire, 19.
Heu, rue Servandoni, 5.
Jullien, rue de l'Eperon, 9.
Labitte (H.), quai Malaquais, 5.
Laroque jeune, q. Voltaire, 1.
Laverdet, *autographes*, r. Saint-Lazare, 24.
Leclerc (L.), rue de l'Ecole-de-Médecine, 14.
Leclerc (Alph.), rue de Vaugirard, 15.
Lécureux, r. des Gr.-Aug, 3.
Lefèvre, arcade Colbert, 10.
Lefilleul, boulv. Poissonn., 31.
Lemoigne (P.), q. Voltaire, 7.
Lévy fils, rue de Seine, 29.
Legras, boul. des Capucines, 27.
Marescq jeune, rue Ste-Hyacinthe-Saint-Michel, 9.
Masson (J.), rue de l'Ancienne-Comédie, 26.
Ménard, rue des Grès, 19 et 20.
Meugnot, q. Conti, 7, à l'entres. *Histoire des provinces de France, Archéologie, etc. Publication de catalogues à prix marqués.*
Pillet (Aug.), quai Voltaire, 25.
Porquet. quai Voltaire, 1.
Potier, quai Malaquais, 9.
Poulet-Malassis et de Broise, rue des Beaux-Arts, 9.
Raulin, r. des Saints-Pères, 30.
Renouard (Ve J.), rue de Tournon. 6.
Saint-Denis et Mallet, boulevard de la Madeleine, 17.
Savy, rue Bonaparte, 20.
Schlesinger frères (D.), rue de Seine, 12.
Tanera (*librairie anc. et moderne sur l'art militaire*), quai des Grands-Augustins, 28.
Techener, r. de l'Arbre-Sec, 52.
Tilliard, rue Serpente, 20.
Toulouse, rue Cassette, 33.
Tross, r. Neuve-d.-Pet. Champs, 5 (passage des 2 Pavillons).

II. March. d'estampes anciennes.

Blaisot, rue de Rivoli, 178.
Danlos (aîné), quai Malaquais, 7.
Danlos jeune, quai Malaquais, 1.
Dauvin, rue Bonaparte, 8.
Heuguet, quai Voltaire, 5.
Loizelet (M^{le}), r. des Beaux-Arts.
Lechevalier, rue de Seine, 12.
Rapilly, quai Malaquais, 5.
Salmon, rue de Seine, 39. (*Grands ouvrages à figures.*)
Sieurin, r. des Beaux-Arts, 11. (*Collections de portraits.*)
Rochoux, quai de l'Horloge, 19.
Vignères, rue Baillet, 1.

III. Relieurs - Artistes.

Capé, rue Dauphine, 16.
Closs, r. St-Germ. l'Auxerr., 66.

Duru, rue des Prouvaires, 16.
Gruel-Engelmann, rue Royale-St-Honoré, 10.
Hardy, rue Gît-le-Cœur, 15.
Lanne, rue Dauphine, 42.
Lortic, rue de la Monnaie, 1.
Niédrée (Ve), passage Dauphine, esc. F.
Petit (Simier), rue Boucher, 1.
Thompson, rue Carpentier, 5.
Trautz-Bauzonnet, rue du Four-Saint-Germain, 15.

IV. Laveurs. Restaurateurs de livres et estampes.

Hémart, r. M. le Prince, 46.
Tafforel, rue de l'Arbre-Sec, 52.
Vigna, rue Saint-Honoré, 201.

NOTE ADDITIONNELLE.

BIBLIOTHÈQUE DE L'ORDRE DES AVOCATS.

Voy. ci-dessus, p. 54.

Histoire.—On voit, p. 100, dans l'extrait de l'*Almanach royal* que nous avons reproduit, que l'ancienne bibliothèque des Avocats provenait d'un legs de M. de Riparfonds, mort le 5 décembre 1704. L'inauguration se fit avec solennité le 5 mai 1708. C'était à la Révolution un remarquable dépôt de livres ; mais lorsque le Parlement et l'Ordre des Avocats eurent été supprimés, la bibliothèque fut confisquée et, après des chances diverses, elle est devenue la propriété des bibliothèques du Louvre et de la Cour de cassation. — La bibliothèque léguée au nouveau barreau par M. Férey fut ouverte en 1811. Elle compte aujourd'hui près de 20,000 volumes (rectifiez ainsi le chiffre que par erreur on a imprimé ci-dessus), parmi lesquels figurent des manuscrits intéressants de Cochin, de Gerbier, de Linguet, des éditions rares, de belles collections, dont une inappréciable, de *mémoires* et de *plaidoyers*. 462 vol. in-fol. avec table. Des dons viennent par intervalles enrichir la bibliothèque ; mentionnons celui de M. Dupin (1856) : un Extrait des *Registres du Parlement* en 238 vol. in-fol.

Bibliographie. Warée, *Curiosités judiciaires*, 1858. In-12, p. 291-307.

TABLE DES MATIÈRES.

FIN.

Paris. — Impr. de Pommeret et Moreau, 42, rue Vavin.

CPSIA information can be obtained
at www.ICGtesting.com
Printed in the USA
LVHW030145210323
742063LV00002B/774

9 783382 700522